ÉCLAIRCISSEMENS

SUR

L'INSCRIPTION GRECQUE

DU

MONUMENT TROUVÉ A ROSETTE.

ÉCLAIRCISSEMENS

SUR

L'INSCRIPTION GRECQUE

DU

MONUMENT TROUVÉ A ROSETTE,

CONTENANT un décret des prêtres de l'Égypte
en l'honneur de Ptolémée Épiphane, le cinquième
des rois Ptolémées,

PAR LE CITOYEN AMEILHON,

Membre de l'Institut national de France, classe d'histoire et
littérature anciennes.

IMPRIMÉ PAR ORDRE DE L'INSTITUT.

~~~~~~~~~~~~~~~~

PARIS.

BAUDOUIN, IMPRIMEUR DE L'INSTITUT NATIONAL.

FLORÉAL AN XI (1803).

ÉCLAIRCISSEMENS

SUR

L'INSCRIPTION GRECQUE

DU MONUMENT TROUVÉ A ROSETTE,

Contenant un décret des prêtres de l'Égypte en l'honneur de Ptolémée Épiphane, le cinquième des rois Ptolémées.

~~~~~~~~~~~~~~~~~~~~

LE général Dugua, l'un des guerriers qui, dans la mémorable expédition d'Égypte, ont si glorieusement servi sous le Héros de la France, ayant apporté à son retour deux copies d'une ancienne inscription écrite en trois différens caractères sur une pierre trouvée à Rosette, les présenta à l'Institut national. L'examen de ce monument fut renvoyé à la classe de littérature et beaux arts. Le citoyen Du Theil, un des membres de cette classe, s'en occupa le premier. Ayant parcouru celle des trois parties de l'inscription qui est en grec,

1

il ne tarda pas à reconnoître que cette partie présentoit un décret en l'honneur d'un Ptolémée, roi d'Égypte, et que de plus elle annonçoit que les deux autres devoient offrir la répétition de ce même décret, tracé dans la première en caractères *sacrés* ou *hiéroglyphiques*, dans la seconde en caractères *du pays* ou *vulgaires*. En effet, la dernière ligne de l'inscription grecque dit expressément que le décret sera gravé sur de la pierre dure, en trois langues ou caractères différens : Στερεȣ λιθȣ τοις τε ἱεροις, και εγχωριοις, και ἑλληνικοις γραμμασιν. Cette première découverte produisit la plus grande sensation parmi les amateurs des langues anciennes. Elle fit espérer qu'on pourroit, par le moyen de l'inscription grecque, déchiffrer l'inscription hiéroglyphique, et surtout celle qui est conçue en langue du pays, εγχωριοις γραμμασιν. Immédiatement après ce premier essai, le citoyen Du Theil ayant été obligé de s'absenter de Paris pour des affaires qui l'appeloient ailleurs, je fus chargé de suivre le travail qu'il avoit commencé. Bientôt il me fut possible de présenter à la classe de littérature et beaux arts une copie entière de l'inscription grecque, et de lui rendre un compte détaillé du contenu de cette inscription et de son véritable objet. Je devois lire, et les journaux l'avoient annoncé, dans notre assemblée publique du 15 vendémiaire an 9, le précis de mes recherches sur ce monument. Les circonstances ne m'ayant pas permis de faire cette lecture, elle ne put avoir lieu que dans la séance du 15 nivose suivant. A cette époque la classe de littérature et beaux arts jugea assez favorablement de l'essai que je lui présentai, pour m'inviter à le publier. Si je n'eusse consulté que l'intérêt personnel, qui devoit me faire craindre d'être prévenu par d'autres, je me serois empressé de répondre à cette honorable invitation ; mais, par un motif que je crois raisonnable, je me déterminai à différer l'impression du résultat de mes tentatives. On assuroit que la pierre trouvée à Rosette venoit en France. Il étoit naturel que j'attendisse l'instant de son arrivée pour profiter des avantages que sembloit me promettre l'inspection du monument original. D'un autre côté, j'espérois que, si l'inscription grecque pouvoit faciliter l'intelligence de l'inscription copte ou égyptienne, cette dernière pourroit réciproquement jeter du jour sur quelques endroits obscurs de la première, et même me fournir des matériaux pour remplir des lacunes qui en désorganisent le texte ; car le monument de Rosette n'est point entier. Le temps, qui dévore tout, en a déja détruit plusieurs parties, de sorte qu'il n'est aucune des trois portions de l'inscription qui n'ait été considérablement endommagée. Aujourd'hui que la pierre de Rosette est perdue pour nous, et que, malgré les efforts qui ont été déja faits de différens côtés, avec plus ou moins de succès, pour déchiffrer l'inscription égyptienne, l'espoir auquel je m'étois livré ne paroît pas devoir se réaliser de sitôt, je ne puis user d'un plus long délai, et je dois me rendre aux desirs de mes collègues. Je me résous donc à publier cet écrit, tel qu'il a été lu dans nos séances particulières. Je l'ai divisé en plusieurs articles. Voici l'ordre que j'ai cru devoir suivre.

D'abord je donne le texte, figuré d'après les deux copies venues d'Égypte et remises à l'Institut. Ces deux copies, dues aux soins des citoyens Marcel et Galland, l'un directeur, l'autre correcteur de l'imprimerie nationale établie alors au Caire, sont une épreuve et une contre-épreuve tirées, suivant les procédés typographiques, sur la pierre même. Je les ai collationnées sur un soufre venu aussi d'Égypte, portant l'empreinte de l'inscription, et que le citoyen Raffeneau de l'Isle a bien voulu me permettre d'examiner. Cette empreinte et les copies rapportées d'Égypte par le général Dugua sont parfaitement conformes sous tous les rapports. Ainsi le texte que seroient tentés de donner ceux qui ont aujourd'hui le monument original en leur disposition, ne pourroit guères être plus exact que celui que je publie. Ce dernier doit donc inspirer une pleine confiance, si toutefois je n'ai négligé, comme je m'en flatte, aucune des mesures nécessaires pour rendre fidèlement les copies que j'ai eues sous les yeux. En effet, j'ai suivi avec toute l'attention possible les opérations du graveur, qui de son côté a fait tout ce qui a dépendu de lui pour imiter avec la plus scrupuleuse exactitude son modèle. J'ai lu et relu les épreuves de la gravure, non seulement avec cet artiste, mais encore avec le citoyen Du Theil, qui a eu la complaisance de m'aider à mettre la dernière main à un ouvrage qu'il avoit ébauché. Je me fais un devoir de déclarer, ainsi le veulent la justice et la reconnoissance, que plus d'une fois, dans le cours de mon travail, les lumières et l'amitié de cet estimable confrère m'ont été très-utiles.

A la suite du texte figuré je présente cette même inscription en caractères cursifs, sans accens ni ponctuation, sans lettres majuscules à la tête des mots qui en seroient susceptibles, et sans y insérer la moindre restitution dans les endroits où ce texte a été mutilé; car il a, comme je l'ai déja observé, beaucoup souffert des injures du temps. La carne inférieure de la pierre, du côté qui est vis-à-vis la droite du lecteur, ayant été rompue, il en est résulté que des cinquante-quatre lignes que contient l'inscription grecque, il en est vingt-quatre dont la fin a disparu. Comme ce fragment détaché de la pierre est triangulaire, on comprend que les premières lignes ont moins perdu, et que celles qui suivent perdent davantage à mesure qu'elles descendent vers la base; de manière qu'aux dernières lignes il manque plus du quart de leur longueur. Ce qui dénature le texte par degrés et doit en rendre le sens plus ou moins difficile à saisir. De plus, les deux dernières lignes ont été altérées aussi à leur commencement par une petite échancrure qui s'y est faite. Enfin, dans le corps même de l'inscription, aux lignes 27, 28 et 29, il y a quelques portions de mots qui paroissent si brouillées qu'il est impossible à l'œil de reconnoître les lettres dont elles sont formées.

Si je me suis fait une loi de donner le texte de l'inscription sans y avoir ajouté ni ponctuation ni aucune restitution, c'est que j'ai cru devoir laisser au lecteur toute sa liberté, et ne point prévenir son jugement. On sait combien, dans toutes les langues, une fausse ponctuation peut détourner l'esprit du vrai sens du discours.

En faveur des étrangers, j'ai placé à côté du texte imprimé en lettres cursives une traduction latine très-littérale. Personne n'ignore que la langue latine se prête mieux que la nôtre à ces sortes de traductions. J'espère que la délicatesse de ceux qui sont familiarisés avec les ouvrages de Cicéron et d'Horace, ne sera pas blessée du style un peu barbare de mon interprétation. Au reste jamais on ne s'est avisé de chercher des modèles d'une latinité pure et élégante dans les versions latines de ces belles inscriptions grecques qui décorent nos plus célèbres recueils, et cependant ces versions, pour la plupart, n'ont été faites que par d'habiles littérateurs.

Dans ma version latine j'ai suivi le système de ponctuation qui m'a paru le plus convenable au sens que j'ai jugé à propos d'adopter. J'y ai rempli aussi en latin quelques-unes des lacunes qui se trouvent dans le texte grec. J'en avertis, afin que ceux qui voudroient s'exercer sur le texte pur, et se tenir à l'abri de toute espèce de prévention, s'abstiennent de jeter les yeux sur ma version latine, ainsi que sur la traduction française qui vient après.

Je donne ensuite l'analyse de l'inscription, c'est-à-dire que je reprends le texte partiellement et article par article. Je traduis ces articles en français. C'est là que je me suis permis de ponctuer le texte grec et d'y ajouter quelques restitutions, dont les unes sont incontestables et ne peuvent faire naître le moindre doute, et dont les autres ne sont présentées que comme de simples conjectures. On verra dans la suite de cet écrit les raisons sur lesquelles je les ai appuyées. J'ai laissé quelques lacunes sans oser les remplir, parce qu'elles m'ont paru prêter un peu trop à l'arbitraire. J'abandonne cette tâche à ceux qui auront assez de loisir pour la remplir.

Je joins à chaque article des notes plus ou moins étendues, observant toutefois de ne pas abuser du privilége des commentateurs. On conçoit qu'il m'eût été très-aisé de faire à l'occasion de ce monument un ouvrage volumineux, si j'avois voulu me livrer à des discussions sur la chronologie égyptienne, sur la géographie, sur l'histoire de chacun des princes et princesses dont les noms figurent dans l'inscription, sur la hiérarchie des divers sacerdoces, sur les divinités égyptiennes, les ani-

maux sacrés, sur le cérémonial, la forme des temples,
et sur mille autres objets qui eussent fourni une ample
matière à la plume d'un littérateur curieux de faire pa-
rade de son érudition. En général, je crois que dans ces
sortes d'ouvrages il seroit honnête de compter un peu
plus qu'on a coutume de le faire, sur les connoissances
de ses lecteurs.

Enfin, pour que les personnes qui seroient pressées
de connoître, avant tout, le contenu de cette inscription
en s'épargnant la peine de consulter le texte, puissent
satisfaire promptement leur curiosité, j'en donne
une traduction française continue, qu'on trouvera à la
fin de cet essai. Quoique je ne me sois pas assujetti à
la rendre aussi servile que la traduction latine, j'ai tâché
cependant de la tenir le plus près qu'il étoit possible du
texte original. J'ai fait en sorte que l'inscription con-
servât dans cette seconde traduction ses formes antiques,
afin que ceux même qui n'auroient aucune teinture de
la littérature grecque eussent, sans toutefois être rebutés
par une diction trop choquante pour des oreilles fran-
çaises, l'avantage, non seulement de connoître ce qu'elle
renferme, mais encore de se faire une idée de ce genre
de composition.

Quand même cette inscription ne répondroit pas
tout-à-fait à l'attente qu'on en avoit conçue d'abord;
quand même elle ne pourroit servir de clé pour l'intelligence des deux autres, elle n'en mériteroit pas moins

de fixer l'attention de ceux qui cultivent l'étude de l'antiquité. On ne peut nier qu'elle ne soit en elle-même très-curieuse, et digne d'obtenir une place distinguée parmi celles qui enrichissent nos plus belles collections d'anciennes inscriptions composées en grec. Il est d'autant plus intéressant de la conserver et de la rendre publique, qu'il est aussi plus rare, comme l'a très-bien observé le savant Edmond Chishull, de trouver des monumens lapidaires sur lesquels il soit fait mention des Ptolémées rois d'Égypte.

Le lecteur doit être prévenu que dans l'inscription qu'il va lire il se trouve plusieurs lettres susceptibles d'être confondues les unes avec les autres. Souvent l'*alpha*, A, et le *lambda*, Λ, se ressemblent au point de ne laisser apercevoir entre eux aucun trait de différence; il en est presque de même du *thêta*, Θ, et de l'*omicron*, O. L'artiste, en gravant l'inscription sur la pierre, a négligé fréquemment de marquer dans le cercle qui forme le corps du *thêta* le petit trait par lequel il se distingue de l'*omicron*. Quelquefois aussi le *sigma*, Σ, approche de l'*epsilon*, E, et le *mu*, M, du *nu*, N. Enfin, il y a un grand nombre de lettres qui, vues isolément, n'offrent à l'œil que des traits avortés et qui, par l'incertitude de leur forme, laisseroient douter du vrai caractère de ces lettres, si elles n'étoient enclavées dans des mots dont l'ensemble détermine nécessairement ce qu'elles doivent être. L'inattention de l'artiste grec ou égyptien qui a tracé cette inscription sur la pierre, lui

2

a fait mutiler quelques mots. Au reste, ces fautes ne sont
pas de nature à embarrasser beaucoup. Cependant, pour
qu'on ne nous les attribue point, nous les indiquerons
toutes à la suite de la copie en caractères cursifs ; nous
y ferons, en même temps, remarquer quelques singularités d'orthographe qui ne seront peut-être pas indiffé-
rentes pour ceux qui s'occupent de paléographie. Pour la
commodité des lecteurs, on a chiffré chacune des lignes
de l'inscription sur les deux copies.

*Suit la planche gravée, représentant l'inscription
de Rosette figurée.*

INSCRIPTION GRECQUE DU MONUMENT DE ROSETTE.

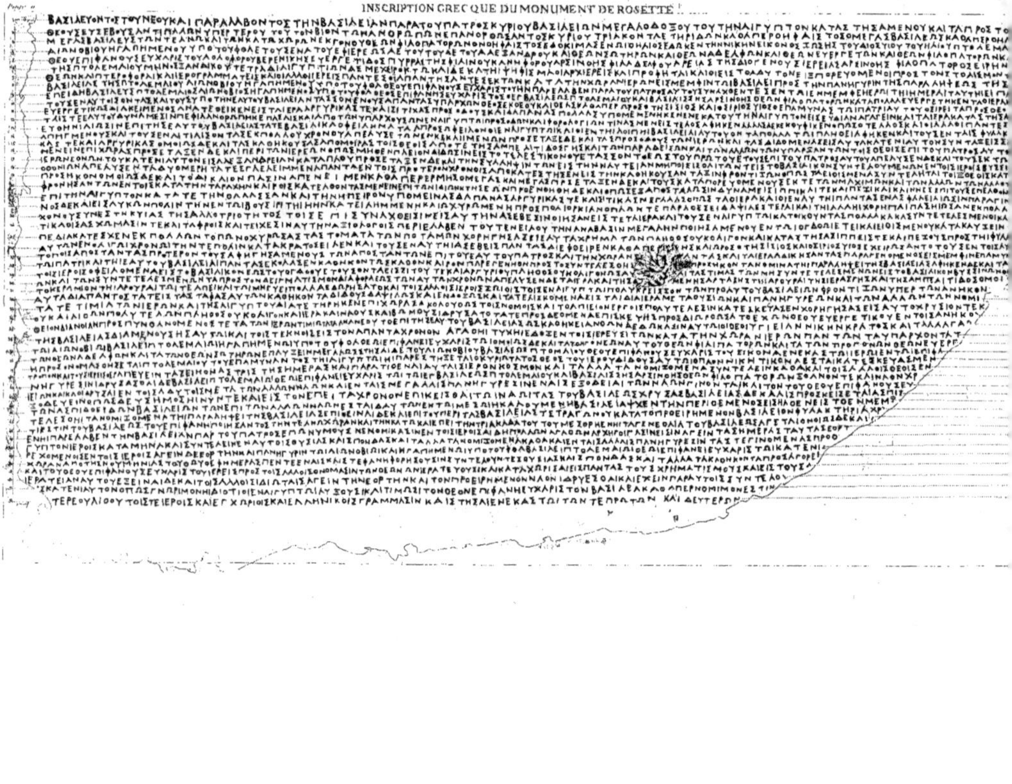

Texte grec de l'inscription, en caractères cursifs.	*Interprétation latine très-littérale.*
igne 1. Βασιλευοντος τ8 νε8 & παραλα-βοντος την βασιλειαν παρα τ8 πατρος κυρι8 βασιλειων μεγα-λοδοξ8 τ8 την αιγυπ7ον κατα-5ησαμεν8 και τα προς τ8ς	REGNANTE (rege) juvene et successore patris in regnum, domino coronarum perillus-tri, Ægypti stabilitore et re-rum quæ pertinent ad
2. θε8ς ευσεβ8ς αν7ιπαλων υπερ7ερ8 τ8 τον βιον των ανθρωπων επα-νορθωσαν7ος κυρι8 τριακονταετη-ριδων καθαπερ ο ηφαιςος ο μεγας βασιλεως καθαπερ ο ηλιος	Deos, pio, hostium victore, vitæ hominum emendatore, domino triginta annorum pe-riodorum, sicut Vulcanus ille magnus, rege, sicut Sol
3. μεγας βασιλευς των τε ανω και των κα7ω χωρων εκγονου θεων φιλοπατορων ον ο ηφαιςος εδο-κιμασεν ω ο ηλιος εδωκεν την νικην εικονος ζωσης τ8 διος υι8 του ηλιου πτολεμαιου	magnus rex, tam superiorum quàm inferiorum regionum, gnato Deorum Philopatorum, quem Vulcanus approbavit, cui sol dedit victoriam, ima-gine vivente Jovis, filio Solis, Ptolemæo
4. αιωνοβι8 ηγαπημενου υπο του φθα ετους ενατου εφ ιερεως αετ8 του δε του αλεξανδρου και θεων σω7ηρων & θεων αδελφων & θεων ευεργε7ων και θεων φιλοπατορων και	immortali, dilecto à Phtha, ANNO NONO: Sub pontifice Aete Alexandri quidem et Deorum Soterum, et Deorum Adelpho-rum, et Deorum Evergetum, et Deorum Philopatorum, et
5. θε8 επιφαν8ς ευχαριςου αθλο-	Dei Epiphanis, gratiosi;

φορου βερενικης ευεργετιδος πυρρας της φιλινου κανηφορου αρσινοης φιλαδελφου αρειας της διογενους ιερειας αρσινοης φιλοπατορος ειρηνης

Athlophorâ Berenices Evergetidis Pyrrhâ filiâ Philini ; Canephorâ Arsinoes Philadelphæ, Areiâ filiâ Diogenis ; Sacerdote Arsinoes Philopatoros, Irene

6. της πτολεμαιου μηνος ξανδικου τετραδι αιγυπτιων δε μεχειρ οκτωκαιδεκατη ψηφισμα οι αρχιερεις και προφηται και οι εις το αδυτον εισπορευομενοι προς τον σολισμον των

filiâ Ptolemæi : Mensis Xandici quartâ die, Ægyptiorum verò Mechir octodecimâ : Decretum, Pontifices et Prophetæ et illi qui in adytum introeunt ad vestitum

7. θεων και πτεροφοραι και ιερογραμματεις και οι αλλοι ιερεις παντες οι απαντησαντες εκ των κατα την χωραν ιερων εις μεμφιν τω βασιλει προς την πανηγυριν της παραληψεως της

Deorum, et Pterophoræ et sacri Scribæ, et alii Sacerdotes omnes qui progressi è regionis templis Memphim obviam regi, ad solemnem festivitatem pro susceptione

8. βασιλειας πτολεμαιου αιωνοβιου ηγαπημενου υπο του φθα θεου επιφανους ευχαριστου ην παρελαβεν παρα του πατρος αυτου συναχθεντες εν τω εν μεμφει ιερω τη ημερα ταυτη ειπαν

coronæ Ptolemæi, immortalis, dilecti à Phtha, Dei Epiphanis, gratiosi, quam accepit à patre suo, et congregati Memphi in templo, illâ ipsâ die, dixerunt :

9. επειδη βασιλευς πτολεμαιος αιωνοβιος ηγαπημενος υπο του φθα θεος επιφανης ευχαριστος ο εγ βασιλεως πτολεμαιου και

Quandoquidem rex Ptolemæus, immortalis, dilectus à Phtha, Deus Epiphanes, gratiosus, ille ex rege Ptolemæo

βασιλισσης αρσινοης θεων φιλο-
πα]ορων κα]α πολλα ευεργε]η-
κεν τα Ꝺ ιερα και

et reginâ Arsinoe, Diis Philopatoribus , quàm plurimùm
benè fecit templis et

10. τους εν αυ]οις οντας και τους
υπο την εαυ]ʉ βασιλειαν τασ-
σομενους απαν]ας υπαρχων θεος
εκ θεʉ και θεας καθαπερ ωρος
ο της ισιος και οσιριος υιος ὁ
επαμυνας τῳ πα]ρι αυ]ʉ οσιρει
τα προς Ꝺεʉς

hominibus in illis degenti-
bus, et regiæ ipsius potestati
subjectis omnibus ; Eт existens
Deus ex Deo et Deâ, sicut Horus ille Isidis et Osiridis filius,
ultor ille patris sui Osiridis, in
ea quæ pertinent ad Deos

11. ευεργετικως διακειμενος ανατεθεικεν εις τα ιερα αργυρικας
τε και σιτιχας προσοδους και
δαπανας πολλας υπομεμενηκεν
ενεκα του την αιγυπ]ον εις ευδιαν αγαγειν και τα ιερα κα]α-
ςησαϑαι

benefico animo propensus,
consecravit in templorum com-
moda argentarios et frumenta-
rios proventus ; Eт multa im-
pendia sustinuit ad Ægyptum
in tranquillitatem reducendam
et ad templa erigenda ;

12. ταις τε εαυ]ʉ δυναμεσιν πεφι-
λανθρωπηκε πασαις και απο
των υπαρχουσων εν αιγυπτῳ
προσοδων και φορολογιων τινας
μεν εις τελος αφηκεν αλλας δε
κεκουφικεν οπως ο τε λαος και
οι αλλοι παν]ες εν

Eт pro suis viribus de huma-
nitate benè meritus est totis ;
Eт existentium in Ægypto tri-
butorum ac vectigalium non
nulla quidem omninò remisit,
alia verò elevavit, ut populus
et cæteri omnes in

13. ευϑηνιᾳ ωσιν επι της εαυτου
βασιλειας τα τε βασιλικα
οφειληmα]α α προσωφειλον οι

abundantiâ essent in sui ipsius
regno ; Eт regalia debita quæ
debebant incolæ tam Ægypti

εν αιγυπῖω και οι εν τη λοιπη
βασιλεια αυτε ονῖα πολλα τω
πληθει αφηκεν και τους εν ταις
φυλακαις

quàm reliquæ ditionis ejus,
quamvis plurima quantitate,
condonavit; Et eos qui in car-
ceres

14. απηγμενους και τους εν αιῖιαις
ονῖας εκ πολλου χρονου απελυσε των εγκεκλημενων προσεταξε δε και τους προσοδους των
ιερων και τας διδομενας εις αυῖα
κατενιαυῖον συνῖαξεις σιτι-

fuerant adacti, et eos qui in
jus vocati erant, ex multo tempore, solvit omni accusatione;
Jussit verò et proventus templorum et quæ conferebantur
in ea annuatim taxationes fru-
men-

15. κας τε και αργυρικας ομοιως
δε και τας καθηκουσας απομοιρας τοις θεοις απο τε της
αμπελιῖιδος γης και των παραδεισων & των αλλων των υπαρ-
ξανῖων τοις θεοις επι τε παῖρος
αυτε

tarias et argentarias, similiter et attributas portiones Diis
ex vineali terrâ et viridariis et
aliis rebus pertinentibus ad
Deos, sub patre ipsius,

16. μενειν επι χωρας προσεταξεν
δε και περι των ιερεων οπως
μηθεν πλειον διδωσιν εις το
τελεστικον ου εταστονῖο εως του
πρωῖου εῖους επι του παῖρος
αυτε απελυσεν δε και τους εκ
των

manere per regionem; Jussit
etiam de sacerdotibus ut nihil
plus dent pretii ad initiatio-
nem suam quàm quod dare
tenebantur usquè ad primum
annum regni patris ejus; Solvit
et oriundos ex

17. ιερων εθνων του καῖενιαυτον εις
αλεξανδρειαν καταπλου προσεταξεν δε και την συλληψιν

sacris tribubus annuâ in
Alexandriam navigatione; Jussit et perceptionem eorum quæ

των εις την ναυ]ειαν μη ποιεισθαι
των τ εις το βασιλικον συν]ελου-
μενων εν τοις ιεροις βυσσινων

pertinent ad rem nauticam non
fieri; Et eorum quæ in ærarium
basilicum conferri solebant ex
templis bussinorum

18. οθονιων απελυσεν τα δυο μερη
τα τε εγλελειμμενα παν]α εν
τοις προτερον χρονοις αποκα-
]εσ̅ησεν εις την καθηκυσαν ταξιν
φρον]ιζων οπως τα ειθισμενα
συντελ̅ηται τοι̅ξ θεοις κα]α το

linteorum remisit duas par-
tes; Et quæ neglecta fuerant
omnia in anteactis temporibus,
restituit in convenientem ordinem, studens ut assueta per-
solverentur Diis

19. προσηκον ομοιως δε και το δι-
καιον πασιν απενειμεν καθαπερ
ερμης ο μεγας και μεγας προε-
ταξεν δε και τους κα]απορευο-
μενους εκ τε των μαχιμων και
των αλλων των αλλο]ρια

convenienter; Similiter et
jus cuique partitus est, sicut
Hermes ille magnus et magnus;
Jussit et eos qui redierunt ex
partibus bellatorum, atque
aliorum aliena

20. φρονησαν]ων, εν τοις κα]α την
ταραχην καιροις, κατελθοντας
μενειν επι των ιδιων κ]ησεων
προενοηθ δε και οπως εξαπο-
σαλωσιν δυναμεις ιππικαι τε και
πεζικαι και νηες επι τους επελ-
θον]ας

sentientium, in illis turbarum
temporibus, reversos, manere
in propriis possessionibus; Con-
suluit ut mitterentur copiæ
equestres et pedestres et naves
adversus eos qui irruerant

21. επι την αιγυπτον κατα τε την
θαλασσαν και την ηπειρον υπομεινας δαπανας αργυρικας τε
και σι]ικας μεγαλας οπως τα θ

in Ægyptum mari terrâ-
que, sustinens impensas argentarias et frumentarias magnas,
ut et templa et omnes incolæ

ιερα και οι εν αυλη παντας εν
ασφαλεια ωσιν παραγινομε-

ejus in securitate essent; Et
acce-

22. νος δε και εις λυκων πολιν την
εν τω βυσιριτη η ην κατειλημμενη και ωχυρωμενη προς πολιορκιαν οπλων τε παραθεσει
δαψιλεστερα & τη αλλη χορηγια
πασῃ ως αν εκ πολλυ

dens ad Luporum urbem,
illam in Busiridis regione sitam,
quæ erat occupata et munita
adversùs obsidionem, armorum
copiâ largiore et aliocumque
commeatu, utpotè quod jam
à multo

23. χονου συνεστηκυιας της αλλοτριοτητος τοις επισυναχθεισιν εις
αυλην ασεβεσιν οι ησαν εις τε
τα ιερα και τους εν αιγυπτω
καιοικυνίας πολλα κακα συντετελεσμενοι και αν-

tempore invaserat rebellandi
animus congregatos in eâ
impios qui et in templa et in
Ægypti incolas multa mala
patraverant, et,

24. τικαθισας χωμασιν τε και ταφροις και τειχεσιν αυτην αξιολογοις περιελαβεν τυ τε νειλου
την αναβασιν μεγαλην ποιησα-
μενυ εν τω ογδοω ετει και ειθισ-
μενυ καιακλυζειν τα

castra antè ponens, aggeri-
bus et fossis et munimentis
ipsam eximiis circumvallavit;
Nilumque, cùm incrementum
magnum fecisset in octavo anno,
et suesceret submergere

25. πεδια καιεσχεν εκ πολλων τοπων οχυρωσας τα στομαία των
ποταμων χορηγησας εις αυτα
χρημαίων πληθος υκ ολιγον και
καιαστησας ιππεις τε & πεζους
προς τη φυλακη

campestria, cohibuit ex mul-
tis locis, munitis ostiis fluvio-
rum, largitus in hæc opum vim
non modicam; et constitutis
equitibus et peditibus ad custo-
diam

26. αυιων εν ολιγω χρονω την τε

eorum, brevi tempore et ur-

πολιν κατακρατος ειλεν και
τους εν αυτη ασεβεις παντας
διεφθειρεν καθαπε..........ης και
ωρος ο της ισιος και οσιριος υιος
εχειρωσανͿο τους εν.τοις αυͿοις

bem vi cepit, et in eâ impios
omnes interfecit sicut *Herme*s
et Horus ille Isidis et Osiridis
filius subegerunt in iisdem

27. τοποις αποσταντας προτερον
τους αφηγησαμενους των απο-
σανͿων επι του εαυͿου πατρος
και την χωραν........ανͿας & τα
ιερα αδικησανͿας παραγενομενος
εις μεμφιν επαμυνων

locis olim rebellatores; Duces
(*verò*) rebellatorum sub ipsius
patre et qui regionem (*vas-
taverant*) et templa scelestè
tractarant, ingressus in Memphim, ultor

28. τω πατρι και τη εαυͿου βασιλεια παντας εκολασεν καθηκοντως καθ ον καιρον παρεγε-
νηϑη προς το συντελεϑη.........
προσηκονͿα νομιμα τη παραλη-
ψει της βασιλειας αφηκεν δε &
τα εν

patris sui et sui ipsius regni,
omnes punivit pro meritis, tempore quo venit ad peragenda
(*omnia quæ*) observari con-
suescunt in solemnitatibus sus-
cipiendæ coronæ; Remisit et
ea quæ in

29. τοις ιεροις οφειλομενα εις το
βασιλικον εως του ογδοϳ ετους
οντα εις σιτϳ τε και αργυριου
πληθος ουκ ολιϳον ωσαυ......αι
τας τιμας των μη συντεͿελεσμενων εις το βασιλικον βυσσινων
οϑ...

templis debebantur regali
ærario usquè ad octavum annum, quorum erat in tritico et
argento copia non modica; simil (*iter et*) mulctas non col-
latorum in regium ærarium,
byssinorum linteo-

30. ων και των συντεͿελεσμενων τα
προς τον δειγμαͿισμον διαφορα

-rum, et eorum, quæ collata
fuerant, ab exemplari discre-

3

εως των αυτων χρονων απε-
λυσε δε τα ιερα και της α.......
μενης αρταβης τη αρουρα της
ιερας γης και της αμπελιτιδος
ομοι..

amphoram arurae; Api et
pantiam usquè ad eadem tem-
pora; Solvit templa (impositâ)
artabe in unam quamque aru-
ram sacræ terræ, et terræ vi-
nealis simil (iter)

31. το κεραμιον τη αρουρα τω τε
απει και τω μνευει πολλα εδω-
ρησα7ο και τοις αλλοις ιεροις
ζωοις τοις εν αιγυπτω πολυ
κρεισσον των προ αυτυ βασιλειων
φροντιζων υπερ των ανηκον....

amphoram arurae; Api et
Mnevi plurima donavit et cæteris sacris animalibus illis in
Ægypto; multò magis quàm
antecedentes reges sollicitus
circà ea quæ com (petunt)

32. αυτα διαπαντος τα τ εις τας
ταφας αυτων καθηκοντα δι-
δους δαψιλως και ενδοξως & τα
τελισκομενα εις τα ιδια ιερα
μετα θυσιων και πανηγυρεων &
των αλλων των νομι......

ipsis semper, et illorum
funeribus necessaria suppedi-
tans opimè et magnificè, et
ritibus implendis in propriis
eorumdem templis cum sacri-
ficiis et solemnibus conventibus
et cæteris (de more solito);

33. τα τε τιμια των ιερων και
της αιγυπτυ διατε7ηρηκεν επι
χωρας ακολουθως τοις νομοις
& το απιειον εργοις πολυ7ελεσιν
κατεσκευασεν χορηγησας εις αυ7ο
χρυσιυ τε κ.......

Et jura templorum et Ægypti
conservavit in regione, juxtà
leges; Et Apieium operibus
eximiis adornavit, conferens
in ipsum auri (et argen-)

34. ου και λιθων πολυ7ελων πληθος ουκ ολιγον και ιερα και ναυς
και βωμους ιδρυσατο τα τε
προσδεομενα επισκευης προσ-

-ti et lapidum pretiosorum
vim non modicam, et templa
et fana et altaria exstruxit; et
quæ indigebant restauratione

διωρθωσατο εχων θευ ευεργετικυ
εν τοις ανηκο........

reparavit, habens Dei Everge-
tici, in rebus pert (*inentibus,
ad*)

35. Θειον διανοιαν προσπυνθανομενος τε τα των ιξρων τιμιω-
τα]α ανανευτο επι της εαυτου
βασιλειας ως καθηκει ανθ ων δεδωκασιν αυτω οι θεοι υγιειαν νικην κρα]ος & τ αλλ αγαθ....
....

Divinum Numen, animum in-
tentum; Et sciscitans de rebus
pretiosissimis templorum reno-
vavit ipsas, in sui ipsius regno
convenienter; Pro quibus de-
derunt ipsi Dii sanitatem, vic-
toriam, robur et alia bona
(*omnia........*)

36. Της βασιλειας διαμενουσης αυτω και τοις τεκνοις εις τον
απαντα χρονον αγαθη τυχη
εδοξεν τοις ιερευσι των κα]α την
χωραν ιερων παν]ων τα υπαρ-
χοντα τ..........

regiâ potestate mansurâ ipsi
et ipsius posteris in omne ævum:
Bonae Fortunae. Placuit sacerdotibus regionis templorum
omnium honores (*omnes*) qui
pertinent

37. Τω αιωνοβιω βασιλει π]ολεμαιω
ηγαπημενω υπο τυ φθα θεω
επιφανει ευχαριστω ομοιως δε &
τα των γονεων αυτυ θεων φιλιπατορων και τα των προγονων
θεων ευεργ..........

ad immortalem regem Ptole-
mæum, dilectum à Phtha,
Deum Epiphanem, gratiosum,
similiter et qui sunt patrum
ipsius Deorum Philopatorum
et qui sunt avorum Deorum
Everg (*etum, et qui sunt*)

38. Των θεων αδελφων και τα των
θεων σω]ηρων επαυξειν μεγαλως
ςησαι δε τυ αιωνοβιυ βασιλεως
π]ομαιυ θευ επιφανους ευχαριστου εικονα εν εκαςω ιερω εν τω
επιφα............

Deorum Adelphorum, et qui
sunt Deorum Soterum, augere
magnopere; Et ponere immortalis regis Ptolemæi, Dei Epiphanis, gratiosi, statuam in
unoquoque templo, in manifes-
(*tiori loco*),

39. η προσονομασθησεται πτολε-
μαιϙ του επαμυναντος τη αιγυπτω η παρεστηξεται ο κυριωτατος θεος τϙ ιερϙ διδους αυ]ω
οπλον νικη]ικον α εϛαι κατεσ-
κευασμεν · · · · · · · · · · · · · ·

quæ cognominabitur Ptole-
mæi ultoris Ægypti, cui propè
sistet præcipuus Deus templi,
dans ei insigne victoriæ; quæ
erunt disposita (*omnia juxtà*
convenientem)

40. τροπον και τους ιερεις θεραπευειν τας εικονας τρις της ημερας & παρατιθεναι αυταις ιερον
κοσμον κα] τ αλλα τα νομιζομενα συν]ελειν καθα κα] τοις
αλλοις θεοις εν · · · · · · · · · · ·
· · · ·

ordinem; Et sacerdotes co-
lere statuas ter per diem et ves-
tire illas sacro ornatu, et alia
præscripta exequi, prout ea observari solent ergà alios Deos
in (*magnis solem-*)

41. νηγυρεσιν ιδρυσαθαι δε βασιλει
πτολεμαιω θεω επιφανει ευ-
χαριϛω τω εγ βασιλεως πτολεμαιου και βασιλισσης αρσινοης θεων φιλοπα]ορων ξοανον
τε και ναον χρ · · · · · · · · · · · ·
· · · · · ·

-nitatibus ; Erigenda verò
esse regi Ptolemæo, Deo Epi-
phani, gratioso, illi ex rege
Ptolemæo et reginâ Arsinoe,
Diis Philopatoribus, simula-
chrum sculptile et ædiculam
au (*rea in sacratissimo*)

42. ιερων και καθιδρυσαι εν τοις
αδυτοις μετα των αλλων ναων
και εν ταις μεγαλαις πανηγυρεσιν εν αις εξοδειαι των ναων
γινον]αι κα] τον του θεου επι-
φανϙς ευ · · · · · · · · · · · · · · · ·

templorum, et collocandam
eam (ædiculam) in adytis cum
aliis ædiculis, et in magnis solemnitatibus in quibus exitus
ædicularum aguntur, ædiculam
etiam Dei Epiphanis, Ev (*er-*
getis, gratiosi)

43. ξοδευειν οπως δ ευσημος η νυν

exire; Et ut faciliùs agnosci

τε και εις τον επειἶα χρονον επι-
κειᶘαι τῳ ναῳ τας τε βασιλεως χρυσας βασιλειας ᶑεκα αις
ᖷροσκεισἒἶαι ασπις.........
....

queat nunc et in tempore fu-
turo, imponi super ædiculam
illas regis aureas coronas de-
cem quibus adhærebit aspis (*ad
similitudinem*)

44. των ασπιᶑοειᶑων βασιλειων των
επι των αλλων ναων εϛαι ᶑαυ-
των εν τῳ μεσῳ η καλουμενη
βασιλεια ΨΧΕΝΤ ην ᖷε-
ριθεμενος εισηλᶚεν εις το εν
μεμφ...................

coronarum illarum figurâ
aspidis insignium quæ sunt
suprà alias ædiculas, et ea-
rum in medio regium illud
insigne cognominatum ΨΧΕΝΤ
quo redimitus introivit in Mem-
pheos (*templum........ ut*)

45. τελεσθη τα νομιζομενα τη ᖷα-
ραληψει της βασιλειας επιθειναι
ᶑε και επι του ᖷερι τας βασιλειας τετραγωνου κατα το
ᖷροειρημενον βασιλειον φυλακτηρια χρ................
....

adimplerentur ea quæ con-
suescunt peragi in susceptione
regiæ coronæ, et imponi cir-
cumdanti coronas tetragono
juxtà prædictum sacellum regium, phylacteria aur (*ea cum
isthâc inscriptione*)

46. τι εϛιν του βασιλεως τε επιφανη ᖷοιησαντος την τε ανω
χωραν και την κατω και επει
την τριακαᶑα τουτͷ μεσορη εν η
τα γενεθλια τͷ βασιλεως αγεἶαι
ομοιως ᶑε και.............

Hoc est regis qui illustrem
reddidit regionem superiorem
et regionem inferiorem; Ετ,
quia trigesimum diem illius
Mesori quo nativitas regis agi-
tur, similiter et (*diem.....*)

47. εν η ᖷαρελαβεν την βασιλειαν
ᖷαρ του ᖷατρος επωνυμους

quo suscepit regnum à patre
cognomines esse jam usu recep-

τενομικασιν εν τοις ιεροις αι δη
πολλων αγαθων αρχηγοι πασιν
εισιν αγειν τας ημερας ταυ]ας
εορτ..................
....

tum est in templis, etenim et
multorum bonorum principia
omnibus sunt, agere hosce dies
festos (*in singulis per totam Æ-*)

48. γυπτου ιεροις κατα μηνα και
συντελειν εν αυτοις θυσιας και
σπονδας και τ αλλα τα νομιζομενα καθα και εν ταις αλλαις
πανηγυρεσιν τας τε γινομενας
προθ..................
....

-gyptum templis in mense, et
facere in ipsis sacrificia et libamina et cætera lege sancita sicut
et in aliis solemnitatibus, et ad-
venientes statutos dies..........
....

49. ρεχομενοις εν τοις ιεροις αγειν
δε εορτην και πανηγυριν τω
αιωνοβιω και ηγαπημενω υπο
του φθα βασιλει πτολεμαιω
θεω επιφανει ευχαριστω κατενι..................
....

...in templis; Et agere festum
et solemnem conventum in ho-
norem immortalis et dilecti à
Phtha, regis Ptolemæi, Dei
Epiphanis, gratiosi, singulis
annis, (*per totam Ægypti, tam
superioris quàm inferioris*)

50. χωραν απο της νεμηνιας του
θωυθ εφ ημερας πεν]ε εν αις και
σεφανηφορησωσιν συντελυντες θυειας ϗ σπονδας ϗ τ αλλα καθη-
κον]α προσαγορε...........
....

regionem, à novilunio Thouth
per dies quinque, in quibus et
coronas gerent facientes sacrificia et libamina et alia conve-
nientia; Cognomi (*nabuntur
verò isti ministri*)

51. και του θεου επιφανους ευχαρισου ιερεις προς τοις αλλοις

et Dei Epiphanis, gratiosi,
sacerdotes, præter alia nomina

ονομασι των θεων ων ιερα]ευουσι
και καταχωρισαι εις παντας
τους χρηματισμυς και εις τους
 δ̅. . . . .
. . . .

Deorum quorum sacerdotii mu•
nere jam funguntur, et præli-
bare, super omnes pecuniarios
redditus et super alios (*proventus sacros, quæ necessaria
sunt ad*)

52. ιερατειαν αυτυ εξειναι δε & τοις
αλλοις ιδιω]αις αγειν την εορτην
& τον προειρημενον ναον ιδρυεσθαι και εχειν παρ αυτοις συν-
τελου . . . .
. . . .

Sacerdotium ejus; LICEREque
et quibuslibet privatis agere hoc
festum et prædictum Sacellum
erigere et habere domi (*quæ-
cumque suppetent ad cultum
Dei Epiphanis, gratiosi,*)

53. . . σ κατενιαυτον οπως γνωριμον
η διοτι οι εν αιγυπτῳ αυξυσι &
τιμωσι τον θεον επιφανη ευχα-
ριςον βασιλεα καθαπερ νομιμον
εςιν . . . .
. . . .

annuatim. Ut innotescat quòd
incolæ Ægypti glorificant et
honorant Deum Epiphanem,
gratiosum regem, ut par est,
(*placuit hoc decretum sculpi
in columnâ*)

54. . . . τερεου λιθου τοις τε ιεροις &
εγχωριοις & ελληνικοις γραμμασιν & ςησαι εν εκαςῳ των τε
πρωτων και δευτερ. . . . .
. . . .
. . . .

duri lapidis, et sacris, et pa-
triis, et hellenicis caracteribus,
et collocari in unoquoquè tam
priorum quàm posteriorum
(*templorum*) . . . .
. . . .

REMARQUES SUR L'ORTHOGRAPHE.

Lettres oubliées ou superflues.

Ligne 19, ΠΡΣΕΤΑΞΕΝ pour ΠΡΟΣΕΤΑΞΕΝ. ——
Ligne 23, ΧΟΝΟΥ pour ΧΡΟΝΟΥ.—Ligne 31, ΒΑΣΙΛΕΙΩΝ
pour ΒΑΣΙΛΕΩΝ. — Ligne 38, ΠΤΟΜΑΙΟΥ pour ΠΤΟΛΕ-
ΜΑΙΟΥ. — Lignes 47 et 52, ΠΑΡ pour ΠΑΡΑ.

Lettres employées les unes pour les autres.

Nous avons déja observé que souvent l'*alpha*, Α, et
le *lambda*, Λ, ainsi que l'*omicron*, Ο, et le *thêta*, Θ, se
confondent. A la ligne 6, on lit ΕΙΞΠΟΡΕΥΟΜΕΝΟΙ pour
ΕΙΣΠΟΡΕΥΟΜΕΝΟΙ. Ligne 39, la lettre Ξ se trouve encore
substituée au Σ dans ΠΑΡΕΣΤΗΞΕΤΑΙ mis pour ΠΑΡΑ-
ΣΤΗΣΕΤΑΙ. — Ligne 18, cette même lettre est employée
pour un Σ dans ΤΟΙΞ. — Ligne 35, elle tient la place
d'un Ε, dans le mot corrompu ΙΞΡΩΝ ; il faut lire ΙΕΡΩΝ.
—Ligne 21, ΠΑΝΤΑΣ pour ΠΑΝΤΕΣ. — Ligne 37, ΦΙΛΙΠΑ-
ΤΟΡΩΝ pour ΦΙΛΟΠΑΤΟΡΩΝ. — Ligne 11, ΣΙΤΙΧΑΣ pour
ΣΙΤΙΚΑΣ. — Ligne 50, ΘΥΕΙΑΣ pour ΘΥΣΙΑΣ.

Il y a aussi des fautes qui consistent dans des alté-
rations ou mutilations de lettres. A la ligne 8 on lit
ΜΕΜΦΕΗΕΡΩΙ. Il est aisé de voir que le graveur a tracé
ici mal à propos sur la pierre un tiret entre l'Ι qui
termine ΜΕΜΦΕΙ et l'Ι qui commence ΙΕΡΩΙ, et qu'il
faut lire ΜΕΜΦΕΙ ΙΕΡΩΙ.. — Ligne 22 on lit ΧΟΡΗΠΑΙ ;
mais on voit que le Π se compose dans ce mot d'un

gamma, Γ, et d'un *iota*, I. La branche horizontale du Γ ayant été trop prolongée, est venue s'appuyer sur le sommet de l'I, d'où est résulté la figure d'un Π. De sorte qu'au lieu de ΧΟΡΗΠΑΙ il faut lire ΧΟΡΗΓΙΑΙ, et χορηγια en lettres cursives.

Ligne 30, on trouve ces caractères, ΤΙΙΙ. Il est manifeste que l'artiste qui a gravé l'inscription sur la pierre, a oublié de tracer un tiret entre les deux premières lignes perpendiculaires pour faire un H, et qu'en conséquence il faut lire ΤΗΙ ou τη.

Ligne 47, on lit ΓΑΣΙΝ pour ΠΑΣΙΝ.

Changement de Κ *en* Γ *dans la préposition* ΕΚ.

Il ne faut pas mettre au nombre des fautes ce changement qu'on trouve répété trois fois dans notre inscription. 1°. Ligne 9, Ο ΕΓ ΒΑΣΙΛΕΩΣ; 2°. ligne 41, ΤΩΙ ΕΓ ΒΑΣΙΛΕΩΣ au lieu de ΤΩΙ ΕΚ ΒΑΣΙΛΕΩΣ, *celui qui est né du roi;* 3°. à la ligne 18 on trouve cette leçon, ΕΓΛΕΛΕΙΜ-ΜΕΝΑ pour ΕΚΛΕΛΕΙΜΜΕΝΑ, *les choses qui ont été négligées.*

Je rencontre plusieurs exemples de cette nature dans d'autres inscriptions grecques.

Dans la *Chronique de Paros* on lit, αφ᾽ ὗ Σαπφω εγ Μιτυληνης εις Σικιλιαν επλευσε φυγυσα, *à quo Sapho ex Mitilene in Siciliam trajecit fugiens.* Voy. *Marmor. Oxon.*

La même chronique nous offre encore ce passage : Δευκαλιων.... τυς ομβρους εφυγεν εγ Λυκωρειας εις Αθηνας, *Deucalion imbres fugit è Lycoria Athenas.*

4

Dans le traité de Smyrne , qui est imprimé avec la chronique de Paros parmi les *Marbres d'Oxfort*, on lit, art. 20 et 21, απεςαλκασιν προς ημας πρεσβευτας, εγ μεν των κατοικων Ποταμωνα και Ιεροκλην, εγ δε των υπαιθρων Δαμωνα και Απολλωνικετην, etc. *miserint ad nos legatos, ex incolis, scilicet Potamonem et Hieroclem , ex iis verò qui in castris versantur, Damonem et Apollonicetem.*

Dans le même traité de Smyrne , art. 106, on trouve, εκγ Μαγνησιας, *ex Magnesiâ.*

Tout le monde connoît cette règle , savoir, que dans la préposition εκ le K se change quelquefois en Γ lorsqu'il est suivi d'un autre K dans un mot composé. On sent bien que ce changement, dans la circonstance qu'on vient de rappeler, se fait en faveur de l'euphonie. Mais est-ce par suite du même principe que nous retrouvons le Γ dans notre inscription , deux fois devant B, une fois devant Λ ; et dans les autres inscriptions, une fois devant Δ, une fois aussi devant Λ, une fois devant M, et une fois devant N? C'est ce que nous laissons à décider aux grammairiens de profession.

Le lecteur pourra encore remarquer qu'au mot ENKE-ΚΛΗΜΜΕΝΩΝ de l'inscription de Rosette, ligne 14, on n'a point observé l'usage commun, qui veut que, dans la préposition EN, le N soit changé en Γ, lorsque cette lettre est suivie d'un K.

ANALYSE
DE L'INSCRIPTION
DE ROSETTE.

ΒΑΣΙΛΕΥΟΝΤΟΣ τ8 ν88 & παραλαβοντος την βασιλειαν παρα τ8 πατρος, κυρι8 βασιλειων μεγαλοδοξ8, τ8 την Αιγυπ]ον κατα-ςησαμεν8 & τα προς τους Θε8ς, ευσεβ8ς, αν]ιπαλων ύπερτερ8, τ8 τον βιον των ανθρωπων επανορθωσαντος, κυρι8 τριακονταετηριδων καθαπερ ὁ Ηφαιςος ὁ μεγας, βασιλεως, καθαπερ ὁ Ηλιος μεγας βασιλευς, των τε ανω ϰϱ των κα]ω χωρων,

Lig. 1, 2, 3.

« Du règne de notre jeune monarque, successeur
» de son père à la couronne, glorieux souverain des
» couronnes, réparateur de l'Égypte et de toutes les
» choses qui concernent les dieux, pieux, vainqueur
» de ses ennemis, réformateur des mœurs des hommes,
» maître des périodes de trente années, comme Vulcain
» le grand, roi, comme le soleil le grand roi, des ré-
» gions tant supérieures qu'inférieures ; »

Βασιλευοντος τ8 ν88, *du règne de notre jeune monarque.* Ce jeune monarque est Ptolémée Epiphane, qui remplaça sur le trône Ptolémée Philopator son père, n'étant âgé que de quatre ans, ou de cinq suivant d'autres. Cette formule βασιλευοντος; est la formule ordinaire par laquelle commence un grand nombre d'inscriptions.

Κυρι8 βασιλειων μεγαλοδοξου, *glorieux souverain des couronnes* ou *royaumes*. Les rois Ptolémées, outre l'Egypte, possédoient encore alors plusieurs autres Etats. Ils avoient la Syrie, la Cyrénaïque, de grands domaines dans l'Asie mineure, avec l'île de Chypre. C'est pourquoi il est dit ici que Ptolémée Epiphane régnoit avec beaucoup de gloire sur plusieurs royaumes.

Κυριου τριακονταιτηριδων καθαπερ ὁ Ηφαιστος ὁ μεγας, *maître des périodes de trente années, comme Vulcain le grand*. C'est ainsi que je traduis ces mots, d'après le sentiment du citoyen Sylvestre de Sacy, mon ancien collègue à l'Académie des belles-lettres, que j'ai consulté sur ce passage. Je crois ne pouvoir mieux faire que de transcrire ici la note qu'il m'a remise à ce sujet.

« Ce qui me confirme, me dit-il, dans mon opinion sur le sens
» de cette expression, c'est que j'en trouve une analogue à
» celle-là, quoique plus vague, chez les Arabes. Le mot arabe
» *Kéran* signifie en général *union*, et s'emploie particulière-
» ment pour exprimer la conjonction de plusieurs planètes dans
» un même signe du zodiaque. Il y a quelques-unes de ces
» conjonctions qui sont censées avoir une grande influence sur
» les événemens qui intéressent l'humanité, et que l'on regarde
» comme les époques d'une révolution sur la terre. Par une
» suite de cette idée, quelques princes, mais spécialement Ta-
» merlan et quelques-uns de ses descendans, sont nommés *Sahel*
» *Keran*, ce qui veut dire à la lettre, *le maître de la con-*
» *jonction*. Pourroit-on appliquer cet exemple à l'explication
» de κυριου τριακονταιτηριδων? Les astronomes arabes paroissent
» s'être beaucoup occupés des conjonctions de Saturne avec
» Jupiter. Ils en distinguent trois, une grande, une moyenne,
» une petite; mais ils varient sur le nombre d'années qu'ils
» assignent au retour périodique de ces conjonctions. Suivant
» d'Herbelot, la grande arrive de nouveau au bout de 960 ans;
» la moyenne, au bout de 240. La petite pourroit-elle être
» une approximation de 30 ans? » Il faut donc regarder ces mots, κυριου τριακονταιτηριδων, comme une de ces formules

emphatiques qui se font remarquer dans beaucoup d'inscriptions composées à la louange des princes, ou de certains hommes célèbres. On a voulu faire entendre par-là que Ptolémée Epiphane, qui est comparé ici à Vulcain et au Soleil, commandoit, pour ainsi dire, au temps et au cours des astres. Je trouve dans la traduction grecque qu'Hermapion a prétendu nous donner des inscriptions tracées en caractères hiéroglyphiques sur l'obélisque d'Héliopolis, transporté dans le cirque de Rome, sous Auguste, une formule qui répond à ce qui vient d'être observé. On y donne à Apollon, c'est-à-dire au Soleil, le titre de *souverain maître des temps*, Απολλων... δεσποτης χρονων (1).

Βασιλεως, καθαπερ ὁ Ηλιος μεγας βασιλευς, των τε ανω & των κατω χωρων ; *roi, comme le soleil le grand roi, des régions supérieures et des régions inférieures.*

Que faut-il entendre par ces régions supérieures et inférieures? C'est ce qu'il n'est pas aisé de déterminer. On dit ici que Ptolémée Epiphane est roi comme le Soleil. Or, si l'on considère le Soleil comme l'un des premiers rois de l'Egypte, on pourra dire que ces régions supérieures et inférieures peuvent désigner tout simplement la haute et la basse Egypte. Si, au contraire, l'on veut considérer le Soleil comme une divinité qui répand la lumière sur les deux hémisphères, alors il faut donner un sens plus relevé à ces mots : των τε ανω & των κατω χωρων. C'est pour ce dernier sens que j'incline davantage. En effet, puisque dans le membre de phrase précédent, Ptolémée Epiphane est qualifié de maître des périodes de trente années, ou maître des temps, comme Vulcain, il y a toute apparence que dans le second membre, on aura voulu lui conserver ce même caractère de grandeur, en le comparant au Soleil, non comme roi de la haute et basse Egypte, mais comme roi des régions éthérées, situées au-dessus et au-dessous de l'hémisphère.

(1) Amm. Marcel, lib. XVII, p. 163. Parisiis, 1681, in-fol.

..On remarquera peut-être ici que j'aurois pu supprimer la
virgule que j'ai mise après βασιλευς, et ne pas séparer de ce
mot ceux qui suivent των τε ανω & των κατω χωρων, pour les rapporter, comme je le fais, à βασιλεως; mais j'ai cru plus convenable de les attribuer à Ptolémée Épiphane qu'au Soleil, à qui
toutefois ils appartiennent aussi implicitement. Les raisons que
je viens d'exposer en commentant ce passage, me semblent
justifier la manière dont je l'ai ponctué. Si nous voulions indiquer et discuter les diverses manières de ponctuer dont un
texte peut être susceptible, nous nous jeterions dans des détails
interminables. En pareil cas il faut, après avoir fait ses combinaisons, prendre le parti qui paroît mériter la préférence.
Le lecteur s'apercevra aisément des motifs qui nous auront
décidés, dans certaines circonstances, pour un mode de ponctuation plutôt que pour un autre.

Art. II.
Lig. 3 et 4.

Εκγονε Θεων Φιλοπα/ορων, ον ὁ Ηφαιϛος εδοκιμασεν, ᾧ ὁ Ηλιος
εδωκεν την νικην, εικονος ζωσης τε Διος, υιε τε Ηλιου, Πτολεμαιε αιωνοβιε, ηγαπημενε ὑπο τε Φθα, ΕΤΟΥΣ ΕΝΑΤΟΥ.

« Né des dieux Philopatores, que Vulcain a approuvé,
» à qui le Soleil a donné la victoire, image vivante
» de Jupiter, fils du Soleil, Ptolémée, toujours vivant,
» le bien-aimé de Phtha, la NEUVIÈME ANNÉE. »

Θεων Φιλοπατορων. Les dieux Philopatores ou Philopatres sont
Ptolémée *Philopator*, le quatrième des Ptolémées, et la reine
Arsinoé son épouse et sa sœur. Ptolémée Philopator, après avoir
débuté, au commencement de son règne, par faire assassiner
sa mère et son frère, fit aussi périr Arsinoé, qui partage ici
avec lui les honneurs de la divinité.

Ον ὁ Ηφαιϛος εδοκιμασεν, *que Vulcain a approuvé*, ou *à qui
Vulcain a rendu témoignage.* Ces mots ont du rapport avec

ce que nous lisons dans la traduction grecque des inscriptions d'Héliopolis, donnée par Hermapion. Il y est dit, en parlant du roi Ramestès, ὃν ὁ Ηφαιστος ὁ των Θεων πατηρ προεκρινεν (1).

Ω, ὁ Ηλιος εδωκεν την νικην, *à qui le Soleil a donné la victoire.* Ptolémée Epiphane eut de grandes guerres à soutenir au dehors et au dedans. Ses armes ne furent pas toujours heureuses. Il essuya plusieurs défaites dans la guerre que lui fit Antiochus-le-Grand, qui devint dans la suite son beau-père.

Εικονος ζωσης τε Διος, *image vivante de Jupiter.* Il y a long-temps qu'on a dit que les rois étoient les images vivantes de la Divinité. Ce langage est devenu familier aux moralistes, tant sacrés que profanes, qui ont voulu donner des leçons aux souverains, ou inspirer au peuple du respect pour leur personne.

Υιου τε Ηλιου, *fils du Soleil.* Alexandre avoit eu la folie de se faire déclarer fils de Jupiter Ammon. Ses successeurs eurent celle de se dire, les uns fils du Soleil, les autres fils d'Apollon. Antiochus Soter, roi de Syrie, prenoit cette dernière qualité, ou au moins ses flatteurs la lui donnoient.

Πτολεμαιε αιωνοβιε, *Ptolémée toujours vivant,* ou *immortel.* Cette épithète, αιωνοβιος, n'est pas commune. Cependant on la voit répétée trois fois dans cette même traduction grecque des inscriptions d'Héliopolis déja citée : Βασιλευς Ραμεστης Ηλιε παις αιωνοβιος. C'est peut-être le seul monument connu où elle se soit trouvée avant la découverte de l'inscription de Rosette.

Ηγαπημενε ὑπο τε Φθα, *le bien-aimé de Phtha.* Les Egyptiens désignoient sous le nom de *Phtha* ou *Phthas,* Vulcain, le même que l'inscription appelle plus haut Ηφαιστος, qui est le nom que les Grecs donnoient à ce même dieu, et qui paroît dériver de *Phthas.* Il y a quelque apparence qu'on a eu l'intention de réunir dans cette inscription les usages et le culte des deux nations, c'est-à-dire des Grecs Macédoniens et des Egyptiens.

_____

(1) Amm. Marcel. lib. XVII, p. 162 et 163.

C'étoit une mesure dictée par la saine politique, et qui étoit très-nécessaire, sur-tout après une guerre civile.

ΕΤΟΥΣ ΕΝΑΤΟΥ, *la neuvième année*. Cette neuvième année se rapporte au règne du prince désigné à la tête de l'inscription, par ces mots : βασιλευοντος τε νεε. Ce prince est, comme nous l'avons déja dit, Ptolémée Epiphane, fils de Ptolémée Philopator. Il y avoit donc neuf ans qu'il étoit roi lorsqu'il fut couronné solemnellement. S'il n'en avoit que quatre quand il perdit son père, il ne devoit en avoir que treize lorsqu'on fit la cérémonie de son inauguration. Cependant c'étoit l'usage d'attendre, pour procéder à cette cérémonie, que le jeune roi, lorsqu'il étoit parvenu au trône en bas âge, eût quatorze ans. Mais cette fois il fut dérogé, ainsi que semble nous l'indiquer Polybe, à la coutume, par l'empressement qu'on eut, à cause des circonstances fâcheuses où l'Etat se trouvoit alors, de revêtir le jeune monarque de toute la majesté du pouvoir souverain. Cette neuvième année du règne de Ptolémée Epiphane, qui est aussi celle de son couronnement, donne la date assez précise de l'inscription. Elle est par conséquent de l'an 192 avant notre ère vulgaire, si l'on adopte la chronologie de Vaillant. Cette année 192 répond à la troisième année de la 146e olympiade, et à la 130e du règne des Lagides.

ART. III.
Lig. 4, 5, 6.

Εφ' ιερεως Αετου τε δε τε Αλεξανδρου, και Θεων Σωτηρων, & Θεων Αδελφων, και Θεων Ευεργετων, και Θεων Φιλοπατορων, και Θεε Επιφανους, ευχαριςε· αθλοφορε Βερενικης Ευεργελιδος Πυρρας της Φιλινε· κανηφορε Αρσινοης Φιλαδελφε Αρειας της Διογενους· ιερειας Αρσινοης Φιλοπατορος Ειρηνης της Πτολεμαιε.

« Sous le pontificat d'Aétès, prêtre et d'Alexandre, » et des dieux Sotères (1), et des dieux Adelphes (2),

---

(1) Ou *sauveurs*.   (2) Ou *frères*.

» et des dieux Évergètes (1), et des dieux Philopa-
» tores (2), et du dieu Épiphane (3), très-gracieux; Pyr-
» rha, fille de Philinus, étant athlophore de Bérénice
» Évergète; Aréia, fille de Diogène, étant canéphore
» d'Arsinoé Philadelphe; Irène, fille de Ptolémée, étant
» prêtresse d'Arsinoé Philopator. »

Il est assez ordinaire de voir paroître, à la tête des inscriptions contenant quelque décret, les noms du peuple, du sénat
ou autres magistrats qui vont porter ce décret. Les Ministres
du culte n'y interviennent guère que comme témoins, et, sans
doute, parce que ces actes publics étoient ordinairement accom-
pagnés de cérémonies religieuses. Dans l'inscription de Rosette
il n'est fait mention ni du peuple ni d'aucun magistrat civil.
Ce sont les prêtres seuls qui, de leur propre mouvement, et
dans l'enthousiasme de leur reconnoissance pour un prince
dont ils avoient tant à se louer, prononcent sur-le-champ, et
sans aucune délibération avec les autres citoyens, un décret
en l'honneur de Ptolémée Epiphane. Ici, après avoir indiqué
l'année du règne du nouveau roi, on ajoute qu'alors Aétès
étoit prêtre d'Alexandre et de tous les Ptolémées qui, depuis
ce prince, avoient régné en Égypte jusques et y compris le
dieu *Epiphane*.

Εφ' ἱερεως Αετε τε δε τε Αλεξανδρε, etc. Cet article τε, répété ici,
emporte une signification plus forte, et donne plus d'énergie au
discours. J'en trouve un exemple dans le décret des Sigéens en
l'honneur du roi Antiochus Soter : μετα τε ἱερεως τε τε βασιλεως
Αντιοχε (4).

_____

(1) Ou *bienfaisans*.
(2) Ou *aimans leur père*.
(3) Ou *illustre*.
(4) Edm. Chishull. *Antiq. Asiat.* p. 52.

Aétès (1) étoit un Grec, comme l'indique son nom. Réunissant
en sa personne le sacerdoce de tant de divinités, il devoit
tenir le premier rang parmi les ministres du culte grec, ce qui
lui valut sans doute l'honneur de figurer ici, et peut-être de
présider à l'inauguration du prince.

Après Aétès paroissent trois femmes. A la première j'attribue
la fonction d'*athlophore* de Bérénice Evergète; à la seconde,
celle de *canephore* d'Arsinoé Philadelphe, et à la troisième, le
titre de *prêtresse* d'Arsinoé Philopator. Cette manière d'entendre ce passage me paroît la seule qui puisse faire disparoître
les difficultés qu'il présente d'abord. Quoi qu'on ait pu me dire,
il n'est pas possible de rapporter αθλοφορυ à Aétès. Pour le prouver, voici le raisonnement que je fais.

Il est certain qu'il est ici question de trois femmes bien dis-
tinctes qui ont chacune leur père, et aussi de trois princesses,
au service desquelles elles sont consacrées. Il faut donc trouver
à chacune de ces trois femmes sa fonction. On ne peut douter
que la troisième ou la dernière ne soit prêtresse, ίερειας, d'Arsinoé
Philopator; que la seconde, ou celle qui la précède, ne soit canephore, κανηφορυ, d'Arsinoé Philadelphe. Que sera la première,
si elle n'est pas athlophore, αθλοφορυ, de Bérénice Évergète?
La manière même dont ces trois petites phrases sont symétrisées,
concourt à prouver que le mot αθλοφορυ exprime la fonction
de Pyrrha. C'est au commencement des deux dernières que se
trouve désignée la fonction de la femme qui y est nommée;
or αθλοφορυ étant également à la tête de la première phrase, ce
mot doit indiquer la charge ou fonction de Pyrrha. Je dis donc
que cette Pyrrha étoit athlophore de Bérénice Évergète.

Mais que faut-il entendre par cette *athlophore* de Bérénice
Évergète? D'où a pu venir l'institution du ministère de cette

---

(1) Aétès ou Aétus. L'un et l'autre peut se dire ; cependant, comme il
s'agit ici d'un nom propre, j'ai préféré Aétès.

femme, qui, sans doute, figuroit avec ce titre dans les cérémonies religieuses? C'est une question à laquelle je vais tâcher de répondre.

Il est à remarquer que Bérénice, femme de Ptolémée Evergète, d'après le témoignage de Callimaque, cité par Hygin, nourrissoit des chevaux qu'elle étoit dans l'usage d'envoyer aux jeux olympiques pour y disputer le prix de la course ou des chars (1). J'observe encore qu'on donnoit le titre d'*athlophore* à ceux dont les chevaux avoient été vainqueurs, et que les *athlophores* représentoient dans les pompes ou fêtes publiques. Maintenant, qui empêche de supposer que les chevaux de Bérénice lui avoient mérité le titre d'*athlophore*, en remportant la victoire, et que cette princesse n'ayant pas jugé à propos de paroître en personne dans les pompes publiques, se sera fait suppléer par une femme à qui on aura donné le titre d'*Athlophore de Bérénice?* Cette dignité se sera ensuite perpétuée pour conserver un monument toujours vivant de cette espèce de gloire à laquelle Bérénice seroit supposée avoir attaché un grand prix.

Si l'interprétation que je donne à ce passage de notre inscription est fondée, non seulement elle appuie ce que Hygin raconte au sujet de Bérénice, mais encore elle tend, par une conséquence nécessaire, à infirmer l'opinion de Louis-Gaspard Valckenaer. Cet érudit, dont le ton est un peu tranchant,

---

(1) *Hanc Berenicen nonnulli cum Callimacho dixerunt equos alere, et ad Olympia mittere consuetam fuisse.* (Hygin *Poeticon astron.* lib. II, cap. 24 *Instit. Leo.*)

Cela s'accorde très-bien avec les goûts de cette princesse. Le même auteur, dit que Ptolémée Philadelphe, père de Bérénice, ayant fui dans un combat devant l'ennemi, sa fille monta à cheval, rallia les troupes, battit l'ennemi et remporta sur lui une grande victoire. C'est pourquoi Callimaque lui donne l'épithète de *magnanime*.

rejette avec dédain, et comme très-faux, le fait rapporté par Hygin, savoir, que la reine Bérénice nourrissoit des chevaux pour les envoyer aux jeux olympiques. Cette assertion, dont Valckenaer ne donne d'autre preuve que sa propre autorité, peut-elle suffire pour rejeter un fait qui en lui-même n'est ni impossible ni absurde? Cynisca, sœur d'Agésilas, roi de Lacédémone, n'envoya-t-elle pas aux jeux olympiques des chevaux pour y disputer le prix? C'est ce que nous apprend une épigramme rapportée par Valckenaer lui-même (1). Eh! pourquoi Bérénice, qui paroît avoir eu l'ame et le courage d'une Lacédémonienne, n'auroit-elle pas imité l'exemple de la princesse Cynisca?

A cette première conjecture que je viens de proposer sur l'interprétation de ces mots, αθλοφορε Βερενικης, je vais en ajouter une autre.

Tout le monde sait, d'après l'histoire, que Ptolémée Evergète partant pour une expédition en Asie, la reine Bérénice fit vœu de faire le sacrifice de sa chevelure si son mari revenoit vainqueur. La victoire étant demeurée à ce prince, Bérénice s'empressa de s'acquitter de sa promesse. Ses cheveux furent déposés dans le temple dédié à la princesse Arsinoé, femme de Ptolémée Philadelphe, sous le nom de Vénus Zéphiritis. Dès le lendemain ces cheveux disparurent. Ptolémée Evergète fut très-affligé de cette perte. Malgré toutes les recherches qu'on fit, on ne put découvrir ce que les cheveux de Bérénice étoient devenus. Alors un astronome courtisan, nommé Conon, s'avisa de les retrouver dans le ciel. Il publia qu'ils avoient été changés en cette constellation que nous appelons encore aujourd'hui la *chevelure de Bérénice*. Il ne seroit pas invraisemblable que ce prodige supposé eût frappé la multitude, que la superstition s'en fût emparée, et qu'elle l'eût consacré par quelque acte reli-

_____
(1) *Callimachi elegiarum fragmenta*. Lugd. Batav. 1790, in-8°. p. 41.

gieux. D'après cela seroit-il absurde d'imaginer que, pour conserver le souvenir de cette merveilleuse métamorphose, on eût
institué une prêtresse dont la principale fonction auroit été de
porter dans les pompes publiques la représentation ou de la
chevelure de Bérénice ou de la constellation? Dans ce cas cette
femme auroit pu très-bien s'appeler l'*athlophore de Bérénice*,
αθλοφορος Βερενικης, puisqu'elle eût porté le prix du combat ou
de la victoire ; car c'est ce que signifie le mot αθλοφορος inter-
prété grammaticalement.

Κανηφορε Αρσινοης φιλαδελφε Αρειας της Διογενης. *Aréia, fille de
Diogène, étant canephore d'Arsinoé Philadelphe.*

Ptolémée Philadelphe avoit eu deux femmes, qui portoient
l'une et l'autre le nom d'Arsinoé. La première étoit fille de
Lysimachus. Ptolémée, s'en étant dégoûté, la relégua à Coptos,
ville de la Thébaïde, et épousa l'autre Arsinoé sa propre sœur,
pour laquelle il avoit conçu une violente passion. Lorsque cette
dernière mourut, il fut très-affligé de sa perte, et pour en perpé-
tuer le souvenir il fit construire deux villes, à qui il donna le
nom de cette princesse. Il dédia en son honneur un temple à
Alexandrie, et les Égyptiens lui en élevèrent un autre sur le pro-
montoire Zéphyrion, où ils lui rendoient un culte sous le nom
de *Vénus Zéphyritis ;* le même où fut déposée la chevelure de
Bérénice. C'étoit peut-être à l'un de ces deux temples qu'étoit
attachée Aréia, et là qu'elle faisoit l'office de canephore. La
fonction de canephore étoit de porter les corbeilles sacrées.

Ιερειας Αρσινοης Φιλοπατορος Ειρηνης της Πτολεμαιε. *Irène, fille de
Ptolémée, étant prêtresse d'Arsinoé, femme de Philopator.*

Cette princesse Arsinoé, sœur et femme de Ptolémée Philopator, successeur de Ptolémée Evergète, avoit été une
épouse fort malheureuse. Philopator finit par lui ôter la vie,
pour se livrer avec plus de liberté à ses coupables amours.
Arsinoé n'en obtint pas moins les honneurs divins, puisque
nous voyons paroître dans cette inscription une prêtresse

consacrée à son culte. Cette prêtresse se nommoit Irène, nom de femme très-commun de tout temps chez les Grecs (1). On dit ici qu'elle étoit fille de Ptolémée, *της Πτολεμαιε*. Ce Ptolémée pouvoit être un particulier, et ne point appartenir à la famille royale. On trouve dans l'histoire et sur plusieurs monumens des personnages qui se nommoient Ptolémées, sans avoir aucun rapport avec ceux qu'on vit régner en Égypte.

Art. IV.
Lig. 6.

Μηνος Ξανδικε τετραδι, Αιγυπιιων δε Μεχειρ οκ]ωκαιδεκατη.

« Le quatre du mois Xandique, et le dix-huit du » mois Méchir, suivant les Égyptiens. »

Ces mots de l'inscription paroîtroient, au premier coup d'œil, devoir jeter quelque rayon de lumière sur les ténèbres qui couvrent encore le calendrier égyptien, malgré les efforts qu'ont faits pour les dissiper nos plus habiles chronologistes, tels que Scaliger, Petau, le chevalier Marsham, Golius, Dodwel et plusieurs autres. Cependant, en y réfléchissant un peu, on reconnoît qu'il n'est pas aisé de concevoir comment ce passage pourroit devenir un moyen pour parvenir au dénouement des difficultés que présente ce calendrier. Quelle conséquence, en effet, peut-on tirer de ces mots, *μηνος Ξανδικε τε]ραδι, Αιγυπτιων δε Μεχειρ οκτωκαιδεκα]η* ? Aucune, sinon que, dans l'année où le décret fut porté, le quatrième jour du mois Xandique des Macédoniens répondoit au dix-huitième jour du mois Méchir des Égyptiens ; mais il ne s'ensuit pas qu'il en fût de même tous les ans. Il auroit fallu pour cela que les deux calendriers eussent marché d'un pas égal ; ce qui n'étoit point. L'année macédonienne et celle des Égyptiens n'avoient pas la même mesure. D'ailleurs on ne sait pas même de quelle

_____

(1) *Ειρηνη*. (*Marm. Oxon.* lib. I, p. 89, lig. 7.)

année égyptienne il s'agit ici; car les Égyptiens comptoient
deux années, l'année civile et l'année vague ou religieuse.
Cette dernière étoit plus courte que l'autre. Ce ne sera donc
qu'en se livrant à de longues études qu'on parviendra peut-être
à tirer quelque avantage de cette rencontre du 4 *Xandique*
avec le 18 *Méchir*, pour déterminer ou les rapports que ces
deux mois avoient entre eux, ou, ce qui seroit plus important,
les rapports que l'un et l'autre pourroient avoir avec tel ou
tel mois de notre année. Il n'est rien de plus difficile en chronologie que d'établir un parallélisme parfait entre les calendriers des diverses nations de l'antiquité. Il s'est même trouvé
des hommes du plus profond savoir qui ont regardé ce problème comme insoluble. On connoît la dissertation de Nicolas
Averanus, ou Averani, sur les mois égyptiens. Ce chronolo-
giste entreprend d'y prouver qu'il est impossible d'établir une
correspondance exacte entre le calendrier égyptien et le calendrier romain. Averani étoit pourtant un habile mathéma-
ticien de Florence; son ouvrage a été approuvé du cardinal
Noris, qui l'a enrichi de notes, et d'Antoine-François Gori,
qui en a été l'éditeur. Toutefois, malgré la décision découra-
geante de ce savant, nous ne désespérerions pas que, dans
un temps où la science du calcul est parvenue à un si haut
degré de perfection, il ne se trouvât quelqu'un qui fût en état,
en faisant toutes les combinaisons possibles, de débrouiller ce
chaos. Mais cette opération demanderoit un temps presque
infini et une patience à toute épreuve.

ΨΗΦΙΣΜΑ οἱ Αϱχιεϱεις ⳤ ϖϱοϕηται ⳤ οἱ εις το αδυ]ον εισπο-
ϱευομενοι ϖϱος τον σολισμον των Θεων και ϖ]εϱοϕοϱαι ϰⲁϟ ἱεϱο-
γϱαμμα]εις, ϰⲁϟ οἱ αλλοι ἱεϱεις ϖαν]ες, οἱ απαντησαν]ες εκ των
ϰα]α χωϱαν ἱεϱων εις Μεμϕιν τῳ βασιλει ϖϱος την ϖανηγυϱιν. της
ϖαϱαληψεως της βασιλειας της Πτολεμαιⲹ αιωνⲟϐιⲹ, ηγαπημενⲹ

Aʀт. V.

Lig. 6, 7, &.

ὑπο του Φθα, Θεου Επιφανϭϛ, Ευχαριϛϫ, ἡν παρελαϐεν παρα
τϫ πατρὸς αυτϫ, συναχθεντες εν τῳ εν Μεμφει ἱερῳ, τη ἡμερα
ταυτη, ΕΙΠΑΝ.

« Les pontifes, et les prophètes, et ceux qui entrent
» dans le sanctuaire pour habiller les dieux, et les pté-
» rophores, et les écrivains sacrés, et tous les autres
» prêtres qui, de tous les temples situés dans le pays,
» s'étoient rendus à Memphis, auprès du roi, pour la
» solennité de la Prise-de-possession de cette couronne,
» dont Ptolémée, toujours vivant, le bien-aimé de
» *Phtha*, dieu Épiphane, prince très-gracieux, a
» hérité de son père, se trouvant réunis dans le temple
» de Memphis, ont prononcé, ce même jour, le DÉCRET
» suivant. »

Le couronnement des rois Ptolémées se faisoit avec beaucoup
de pompe et de magnificence. Cette solennité s'appeloit ἀνακλη-
τηρια, c'est-à-dire *proclamations*, parce que le nouveau souverain y étoit proclamé roi et annoncé au peuple en cette qualité.
Tout ce qu'il y avoit de plus distingué dans l'ordre sacerdotal
assistoit à la cérémonie, qui étoit accompagnée de libations,
de sacrifices et d'un grand nombre de rits religieux. Parmi ces
ministres du culte on remarquoit les pontifes ou les grands-
prêtres, Αρχιερεις; les prophètes, Προφηται.

Les prophètes interprétoient les oracles et les songes. Les
dévots qui obtenoient la permission de dormir dans les temples
d'Isis, s'adressoient à eux pour qu'ils leur expliquassent le sens
des songes que la déesse leur envoyoit pendant le sommeil. Les
prophètes tenoient un des premiers rangs dans l'ordre des prêtres. Clément d'Alexandrie dit que Thalès et Pythagore con-
versèrent avec les prophètes des Égyptiens. Diogène Laerce,

Macrobe, et plusieurs autres auteurs (1), parlent aussi des prophètes égyptiens. Il y avoit dans le temple de Jupiter Ammon des prêtres qui étoient désignés sous le nom de Προφηται. Les Grecs et les Romains avoient pareillement leurs prophètes, dont les fonctions étoient à peu près les mêmes que celles des prophètes de l'Égypte.

Και οι εις το αδυτον ειξπορευομενοι προς τον ςολισμον των θεων, et ceux qui entrent dans le sanctuaire pour habiller les dieux.

Το *αδυτον, adytm*, étoit l'endroit le plus retiré du temple, le sanctuaire. Tous les prêtres n'avoient pas le droit d'y entrer. Au nombre des ministres du culte qui jouissoient de cette honorable prérogative se trouvoient ceux dont la fonction consistoit à revêtir les dieux de leurs ornemens sacrés, suivant les solennités. Cet usage de parer les statues des dieux en certains jours de fête, avoit également lieu chez les Romains.

Πτεροφοραι. Cette dénomination est donnée ici à des femmes, comme l'indique sa terminaison féminine. Ce mot signifie à la lettre des *porteuses d'ailes ou de plumes*. Ces *ptérophores* avoient-elles des ailes attachées à leurs épaules, ou bien les tenoient-elles à la main ou autrement? C'est ce que j'ignore. J'observerai que les *ailes* étoient un symbole sacré qui figuroit beaucoup dans la religion égyptienne. Les Égyptiens, suivant Porphyre, représentoient l'Être suprême, qui avoit présidé à la formation de l'univers, sous l'emblème d'un homme tenant une ceinture et un sceptre, avec des plumes magnifiques sur la tête. De sa bouche sortoit un œuf d'où l'on voyoit éclore un autre dieu qu'ils nommoient *Phtha*. Les prêtres donnoient l'explication de cette figure mystérieuse. Les plumes dont sa tête étoit ombragée marquoient, suivant eux, la nature cachée et invisible de cette intelligence divine dont la vertu fécondante

---

(1) Clem. Alex. *Strom.* lib. I, n°ˢ 4 et 15. — Diog. Laert. *in Proem.* — Macrob. satyr. 7, cap. 13. — Lucian. *Mort. dialog.* 13, n° 1.

avoit donné l'existence à toutes les créatures. Sur le fronton
de ce bâtiment merveilleux que Paul Lucas avoit admiré à
Andera, l'ancienne Tentyris d'Égypte, et qui lui parut être
les restes d'un temple égyptien, on voyoit et l'on voit encore
deux gros serpens dont les têtes reposent sur deux grandes
ailes étendues des deux côtés. Isis avoit des ailes, et le comte
de Caylus décrit un monument où Osiris est représenté aussi
avec des ailes ou de grandes plumes sur la tête. D'après ces
observations, on pourroit, avec raison, supposer que ces
Πτεροφοραι ou *ptérophores* étoient des prêtresses qui, dans les
pompes religieuses, représentoient la déesse Isis. On sait que,
dans les processions égyptiennes, les prêtres prenoient, pour
ainsi dire, le masque des divinités au culte desquelles ils étoient
attachés; qu'ils y paroissoient couverts de tous leurs ornemens.
Sur la table Isiaque on remarque deux figures de femmes re-
vêtues à peu près des mêmes attributs que la déesse Isis, et qui
portent chacune deux grandes ailes. Ces ailes sont attachées
par derrière, au-dessus de la ceinture, et viennent par devant
aboutir presque jusqu'à terre.

M. Paw (1) parle de femmes égyptiennes qui se travestissoient
en *cherubs* en s'appliquant deux grandes paires d'ailes, comme
on les voit, dit-il, dépeintes sur les langes des momies. Ce sont
probablement ces femmes que l'inscription désigne sous la dénomination de *ptérophores*.

Après les ptérophores paroissent les Ιερογραμματεις, ou scribes
sacrés. C'étoit une classe de prêtres qui avoient soin d'écrire
et de tenir en bon état les livres concernant la religion et le
culte des dieux. Ils passoient leur vie à étudier les sciences
divines et humaines. Tel étoit ce Chaeremon dont Porphyre
nous a conservé la mémoire (2).

---

(1) *Recherch. sur les Égypt.* t. I, p. 48. Berlin, 1773, in-12.
(2) Euseb. *Præp. Evang.* lib. V, cap. 10.

Ιερεις παντες οι απαντησαντες εκ των κατα χωραν ιερων εις Μεμφιν τω
βασιλει προς πανηγυριν της παραληψεως της βασιλειας της Πτολεμαια,
αιωνοβια..... ην παρελαβεν παρα τε πατρος αυτε, etc. *Tous les prêtres
qui, de tous les temples situés dans le pays, s'étoient rendus
à Memphis, auprès du roi, pour la solennité de la Prise-de-
possession de cette couronne, dont Ptolémée toujours vivant...
avoit hérité de son père.*

Il est certain que ce texte, à s'en tenir au sens littéral qu'il
présente, feroit croire qu'il s'agit ici de deux princes bien
distincts, dont l'un, désigné sous le titre absolu de *roi*, τω
βασιλει, seroit venu prendre possession de la couronne ou du
diadème de l'autre, της βασιλειας της Πτολεμαια αιωνοβια. Si cette
distinction devoit avoir lieu, alors le premier de ces princes
seroit Ptolémée Philométor, et le second Ptolémée Epiphane,
son père. Cependant, si on ne la fait pas cette distinction, si
ce monarque indiqué par ces mots, τω βασιλει, *le roi*, sans
addition, est le même que Ptolémée Epiphane, il résulte nécessairement du passage que nous examinons une phrase équi-
valente à celle-ci : *Les prêtres de tous les temples de l'Égypte
s'étant rendus à Memphis, auprès de* Ptolémée Epiphane,
*pour assister à la Prise-de-possession de la couronne, de celle
que* Ptolémée Epiphane *a reçue de son père.* Ce langage,
il faut en convenir, s'écarte un peu des règles ordinaires. Toutefois, comme la supposition de deux princes différens l'un de
l'autre ne peut être admise, parce qu'elle entraîneroit de grandes
difficultés et rendroit presque inexplicable l'inscription dans
plusieurs de ses parties, nous dirons, pour tout concilier, que
la répétition de l'article της après βασιλειας et avant Πτολεμαια,
est une répétition emphatique et analogue au style adulateur
qui règne dans le monument de Rosette, et que, considérée
sous ce rapport, elle n'emporte pas la nécessité de reconnoître
ici deux individus distingués l'un de l'autre. En effet on remarque dans notre inscription que les prêtres y font tous leurs

*

efforts pour donner du relief à tout ce qui tient à la personne
de Ptolémée Epiphane; qu'ils cherchent à faire naître l'occasion
de reproduire sans cesse cette longue suite d'épithètes honori-
fiques dont ils ont surchargé son nom. En conséquence on
peut croire que la répétition de l'article της dans ces mots, της
βασιλειας της Πτολεμαιʊ, a été employée ici par les prêtres comme
un moyen de ramener aussi celle des titres pompeux dont ces
mots sont suivis.

Συναχθεντες εν τῳ εν Μεμφει ιερῳ, τη ημερᾳ ταυτη, ΕΙΠΑΝ. *Les
prêtres étant réunis dans le temple, à Memphis, pronon*
cèrent, ce même jour, le DÉCRET *suivant.* Le texte ne désigne
pas le temple dans lequel les prêtres se trouvoient réunis. C'étoit
sans doute celui où l'inauguration du jeune roi s'étoit faite.
Mais quel étoit ce temple? Il en existoit à Memphis plusieurs,
parmi lesquels on distinguoit le temple de Vulcain, celui de
Sérapis et celui du bœuf Apis. On croit assez communément
que c'étoit dans celui de Vulcain que se faisoit le couronnement
des nouveaux monarques. Cependant le savant Jablonski (1)
paroît persuadé que c'étoit dans le temple du bœuf Apis que
cette cérémonie avoit lieu, et il cite, pour appuyer son opinion,
le Scholiaste sur la traduction du poème astronomique d'Aratus,
par Germanicus. En général, ce Scholiaste, dont le texte est fort
corrompu et très-peu intelligible, ne peut être d'une grande
autorité. Toutefois dans la nouvelle édition de ce texte, donnée en 1801 par M. Buhle (2), il n'est point parlé du temple
d'Apis. Voici le texte du Scholiaste: *In templo Ægypti Memphis,*
ubi mos fuit solio regio decorari reges. Peut-être que la cérémonie commençoit dans le temple de Vulcain et s'achevoit dans
celui d'Apis, pour observer dans ce dernier une formalité assez
singulière dont le même Scholiaste fait mention. Il dit que le

---

(1) *Pantheon Ægyptiorum*, t. III, prolegom. p. cxxxiii.
(2) Tom. II, p. 71.

jour du couronnement on mettoit, par extraordinaire, un joug au bœuf Apis, et qu'on faisoit sortir ce bœuf de son habitation pour le promener au dehors : *et tauro quem Apim appellant, jugum portare fas erat, quem Deum maximum Ægyptii existimant, et per vicum unum duci.* M. Paw, ce critique si sévère, et qui dans l'occasion n'épargne pas aux autres le ridicule, a cru, contre la lettre du texte même, que c'étoit le nouveau roi qui faisoit en personne les fonctions du bœuf Apis, et qui portoit lui-même le joug de cet animal sacré ; ce qu'il répète dans deux endroits de ses *Recherches philosophiques sur les Chinois et les Égyptiens* (1). Il ajoute à cette particularité une autre circonstance qui est également digne de remarque ; il assure que dans cette même cérémonie les rois tenoient à la main un sceptre fait comme la charrue Thébaine, dont on se sert encore aujourd'hui pour labourer dans le Saïd et une partie de l'Arabie. Comme M. Paw n'est guère dans l'usage de citer ses autorités, je n'ai pu vérifier ce fait. En général les sceptres qui se remarquent sur un grand nombre de monumens égyptiens, ont tous la figure d'une charrue antique, qui n'étoit autre chose qu'un bâton recourbé par le bout avec lequel on remuoit la terre. Le sceptre qu'on voit par-tout à la main d'Osiris, et qui est terminé par une tête d'épervier, a véritablement cette ressemblance. En rapprochant toutes les idées que font naître ces diverses observations, il ne seroit pas extraordinaire que, soit pour rappeler l'origine de l'agriculture si honorée en Égypte, soit pour apprendre au nouveau monarque qu'il devoit veiller à la subsistance de ses sujets, on eût fait paroître en public le bœuf Apis avec un joug, conduit par le roi, portant la charrue, comme s'il alloit au labourage.

Il paroît qu'en général M. Paw a lu assez légèrement le texte du Scholiaste de Germanicus, et qu'il lui fait dire plus qu'il

(1) Tom. II, p. 298 et 320., in-12. Berlin, 1778.

n'a dit effectivement. « Cependant, c'est M. Paw qui parle, » les rois d'Égypte portoient ce jour-là, *comme le dit le Scholiaste de Germanicus*, une tunique assez modeste, un collier, un sceptre et un diadème fait de serpens entortillés qui » peuvent avoir été d'or ». Tout ce que dit le Scholiaste de Germanicus qui ait du rapport à ce passage de M. Paw, c'est que le roi étoit revêtu d'une tunique, telle sans doute qu'en portoient ceux qui alloient être initiés aux sacrés mystères : *Ibi enim sacris initiebantur primùm, ut dicitur, reges satis religiosè tunicati.* Le Scholiaste ne parle ici ni de *collier*, ni de *sceptre*, ni de *diadème*, ni de *serpens*.

ΨΗΦΙΣΜΑ. Ce mot ΨΗΦΙΣΜΑ est une expression consacrée qui se trouve dans un grand nombre d'inscriptions de cette espèce. Les antiquaires français l'ont même naturalisé dans leur langue ; car ils disent *pséphisme.*

Il y auroit peut-être une remarque à faire ici sur ce mot ΨΗΦΙΣΜΑ. Vu la place qu'il occupe, et sa grande distance du mot ΕΙΠΑΝ, vu aussi qu'il n'est accompagné d'aucun article ni pronom démonstratif, ne pourroit-on pas le regarder comme l'annonce de ce qui va suivre, comme faisant titre, et l'isoler du reste en mettant un point après, de cette manière, ΨΗΦΙΣΜΑ. DÉCRET ? Alors il ne seroit pas le régime d'ΕΙΠΑΝ, qui d'ailleurs n'en a pas besoin,

ART. VI.
Lig. 9, 10.

ΕΠΕΙΔΗ βασιλευς Πτολεμαιος αιωνοβιος, ηγαπημενος υπο τ8 Φθα, Θεος Επιφανης, ευχαριϛος, ὁ εγ βασιλεως Πτολεμαι8 και βασιλισσης Αρσινοης, Θεων Φιλοπαϳορων, κατα πολλα ευεργεϳηκεν τα θ' ιερα ϗ τ8ς εν αυϳοις οντας, και τ8ς υπο την ἑαυτ8 βασιλειαν τασσομεν8ς ἁπανϳας·

« CONSIDÉRANT que, le roi Ptolémée toujours vivant, » le bien-aimé de Phtha, Dieu Épiphane, très-gracieux,

» fils du roi Ptolémée et de la reine Arsinoé, Dieux
» Philopatores, a fait toutes sortes de biens, et aux
» temples, et à ceux qui y font leur demeure, et en
» général à tous ceux qui sont sous sa domination ; »

ΕΠΕΙΔΗ est une formule consacrée dans ces sortes d'inscriptions.
Elle annonce les raisons qui ont déterminé à porter le décret,
et elle signifie *puisque, vu que, attendu que ;* c'est ce qu'on
pourroit appeler *le considérant.* On voit ici que les deux grands
motifs qui ont provoqué le décret en faveur de Ptolémée Épiphane, sont, d'un côté, sa piété envers les dieux, et de l'autre
sa bienfaisance envers les hommes.

Ὁ εγ βασιλεως Πτολεμαιη και βασιλισσης Αρσινοης, Θεων Φιλοπατορων.
Ces mots se présentent sous la même forme que ceux qu'on remarque à la tête de la curieuse inscription qui accompagne le
monument connu des savans sous le nom de *Monumentum Adu-
litanum.* Ce monument que nous a conservé le moine Cosmas,
qui, dans le sixième siècle, l'avoit copié sur les lieux en Éthiopie,
offre une inscription grecque, contenant un précis des conquêtes
de Ptolémée Évergète, le troisième des Ptolémées et l'aïeul de
Ptolémée Épiphane.

L'inscription du monument d'Adulis commence ainsi : Βασιλευς μεγας Πτολεμαιος, υιος βασιλεως Πτολεμαιη & βασιλισσης Αρσινοης,
Θεων Αδελφων, των βασιλεων Πτολεμαιου και βασιλισσης Βερενικης, Θεων
Σωτηρων, απογονος. C'est-à-dire : « Le grand roi Ptolémée, fils du
» roi Ptolémée et de la reine Arsinoé, Dieux Adelphes (ou
» frères), et petit-fils des rois Ptolémée et de la reine Béré-
» nice, Dieux Sauveurs. »

Ces mots réunis, Θεων Αδελφων et Θεων Σωτηρων, avoient donné
lieu au savant Beger de douter (1) de l'authenticité et de l'an-

(1) Le P. Hardouin avoit aussi des doutes sur ces mots réunis, Θεων Αδελφων.

tiquité de ce monument. Cette formule lui paroissoit tout-à-
fait insolite. Jamais, disoit-il, dans aucune des médailles des
Ptolémées on n'avoit vu au-dessus des têtes réunies de Ptolémée
Soter (ou Sauveur) et de Bérénice son épouse, que le mot
Θεων seul, et que ce seul mot Αδελφων au-dessus des deux têtes
de Ptolémée Philadelphe et de la reine Arsinoé sa sœur et sa
femme. Mais bientôt Vaillant dissipa les doutes de Beger, en
faisant connoître deux médailles d'or, dont l'une porte, comme
dans l'inscription d'Adulis, ces deux mots, Θεων Σωτηρων, au-
dessus des deux têtes de Ptolémée Soter et de Bérénice sa
femme, et ces deux mots, Θεων Αδελφων, au-dessus des têtes
réunies de Ptolémée Philadelphe et de la reine Arsinoé.

Si notre inscription, dont l'authenticité est incontestable,
eût été connue du temps de Beger, ce savant n'auroit pas été
tenté de répandre des nuages sur la vérité de celle d'Adulis,
puisqu'il y eût vu, non seulement les mots Θεων Σωτηρων attribués à Ptolémée Soter et à Bérénice son épouse, et ceux de
Θεων Αδελφων attribués à Ptolémée Philadelphe et à la reine Arsinoé, mais encore les titres de Θεων Ευεργετων réunis sur la personne de Ptolémée Évergète et sur celle de Bérénice, et enfin
ceux de Θεων Φιλοπατορων aussi réunis sur la tête de Ptolémée
Philopator et sur celle d'Arsinoé son épouse. L'inscription de
Rosette s'accorde donc et avec les médailles publiées par Vaillant,
et avec l'inscription d'Adulis. De plus elle prouve que cette
formule, rejetée par Beger comme une fausseté, étoit d'un usage
ordinaire, puisque notre inscription démontre qu'elle a eu lieu
pour les quatre premiers successeurs d'Alexandre.

Il n'y a que Ptolémée Épiphane qui, dans l'inscription de
Rosette, reçoit solitairement le titre de dieu, Θευ Επιφανυς. Cela
vient sans doute de ce que ce prince n'étoit pas encore marié lors
de la cérémonie de son inauguration. Ce ne fut qu'un an après
ou environ qu'il épousa Cléopâtre, fille d'Antiochus, roi de
Syrie. D'après ce qui vient d'être dit, il ne seroit pas étonnant

que dans la suite on fît la découverte de quelque monument sur lequel on liroit ces mots, Θεων Επιφανων, attribués à Ptolémée Épiphane et à la reine sa femme; car il existe une inscription postérieure sur laquelle Ptolémée Philométor, fils de Ptolémée Épiphane, et Cléopâtre sa sœur, sont appelés *Dieux Philométores*, βασιλεα Πτολεμαιον & βασιλισσαν ΚλεοπαΊραν την Αδελφην Θεους ΦιλομηΊορας (1). Voilà donc cinq Ptolémées dont les titres lèvent toute difficulté sur cette formule qui choquoit si fort Beger, et dont il s'étoit fait un moyen pour rejeter le monument d'Adulis. L'inscription de Rosette vient donc à l'appui de celle que le moine Cosmas a copiée sur ce monument. Plus je rapproche ces deux inscriptions l'une de l'autre, et plus elles me paroissent avoir été composées dans le même style et porter les mêmes caractères.

Outre ce premier trait de ressemblance que nous venons de leur reconnoître, j'en trouve encore d'autres sur lesquels je ne puis m'empêcher de fixer ici l'attention du lecteur.

Par exemple, ces mots de l'inscription d'Adulis, παραλαϐων παρα τȣ παΊρος την βασιλειαν ΑιγυπΊȣ, ne sont-ils pas tout-à-fait identiques avec ceux qui se lisent dans la première ligne de l'inscription de Rosette, παραλαϐονΊος την βασιλειαν παρα του παΊρος?

Qu'il me soit permis de placer ici une observation sur la manière dont Edmond Chishull interprète ces mots de l'inscription d'Adulis, παραλαϐων παρα τȣ παΊρος την βασιλειαν Αιγυπτȣ. Ce savant antiquaire les explique de manière à faire entendre que Ptolémée Philadelphe, avant de mourir, avoit mis son fils en possession de ses États. L'histoire ne dit rien de ce fait. Tout ce qu'elle nous apprend, c'est que Ptolémée Philadelphe, avant son décès, fit épouser à son fils aîné Bérénice, fille de Magas, son frère utérin, roi de Cyrène. S'il falloit conclure du

_____

(1) Chishull, *Antiq. Asiat.* p. 88.

7

texte de l'inscription d'Adulis que Ptolémée Philadelphe avoit, de son vivant, investi son fils de la couronne, il faudroit donc aussi inférer du passage de l'inscription de Rosette, παραλαϐοντος την βασιλειαν παρα τυ πατρος, que Ptolémée Philopator, avant sa mort, avoit donné sa couronne à son fils, qui n'étoit point encore sorti de l'enfance. Lorsqu'un prince succède à la couronne de son père par héritage, on peut dire qu'il l'a reçue de lui, παρελαϐε παρα αυτυ, sans supposer que son père la lui ait cédée de son vivant. Mais continuons la comparaison que nous nous sommes proposé d'établir entre les deux inscriptions.

Ces expressions, μετα δυναμεων και ἱππικων και ναυ]ικυ στολυ, de l'inscription d'Adulis, peuvent certainement être regardées comme parallèles à celles-ci qui se trouvent à la vingtième ligne de la nouvelle inscription, δυναμεις ἱππικαι τε ℂ πεζικαι και νηες. Enfin cette phrase du monument d'Adulis, απο των τοπων τις Αιγυπ]ον δυναμεις απεσ]ειλε δια των ορυχθεν]ων π ο]αμων, a beaucoup d'affinité avec cette autre phrase de la ligne 20 de l'inscription de Rosette, ὁπως ἐξαπος]αλωσι δυναμεις.

Si l'inscription du monument d'Adulis est attaquable par quelque endroit, ce ne peut être du côté des formules ni des titres donnés aux personnages qui y figurent.

Beger, qui s'étoit déclaré contre l'authenticité du monument d'Adulis, se servoit encore d'un autre moyen pour soutenir son opinion, et ce moyen lui paroissoit victorieux. L'inscription d'Adulis suppose, disoit - il, que Ptolémée Philadelphe avoit eu un fils de la reine Arsinoé son épouse, puisqu'elle commence ainsi : Βασιλευς μεγας Πτολεμαιος, υιος βασιλεως Πτολεμαιυ ℂ βασιλισσης Αρσινοης, Θεων Αδελφων. Or il est faux, ajoutoit-il, que Ptolémée Philadelphe ait eu des enfans de son mariage avec sa sœur Arsinoé, qui devint sa seconde femme. Donc, concluoit-il, l'inscription du monument d'Adulis débute par un fait contraire à la vérité. Edmond Chishull, qui ne doutoit nullement de la véracité de cette inscription, et dont l'autorité vaut bien celle de Beger, a répondu d'une manière plus que suffisante à cet argument, en observant que Ptolémée Évergète avoit été adopté par Arsinoé, seconde femme de Ptolémée Philadelphe, et que par conséquent il pouvoit être appelé fils de cette princesse.

J'ai cru devoir insister ici d'une manière particulière sur les rapports qui se font remarquer entre l'inscription de Rosette et celle du monument d'Adulis, pour achever de détruire les doutes que quelques critiques pourroient conserver encore sur l'authenticité de celle-ci. Dira-t-on que le monument de Rosette peut avoir servi de modèle au faussaire de celui d'Adulis, et que c'est de-là que vient cette ressemblance qui se trouve entre les deux inscriptions? Dans ce cas, nous n'aurions rien à répliquer.

Ὑπαρχων Θεος εκ Θεϙ και Θεας, καθαπερ Ωρος ὁ της Ισιος ϗαι Οσιριος ὑιος, ὁ επαμυνας τῳ ϖαʄρι αυτϙ Οσιρει, τα ϖρος Θεϙς ευεργεʄικως διακειμενος, ανατεθεικεν εις τα ιερα αργυρικας τε ϗαι σιτιχας (1) ϖροςοδϙς ϗαι δαπανας ϖολλας ὑπομεμενηκεν, ἐνεκα τϙ την Αιγυπτον εις ευδιαν αναγαγειν και τα ιερα καταϛησαϑαι.

« Qu'étant dieu, né d'un dieu et d'une déesse,
» comme Orus, ce fils d'Isis et d'Osiris, le vengeur
» d'Osiris son père, et jaloux de signaler généreusement
» son zèle pour les choses qui concernent les dieux, il
» a consacré au service des temples de grands revenus,
» tant en argent qu'en bled, et a fait de grandes
» dépenses pour ramener la tranquillité en Égypte et y
» élever des temples; »

Chacun connoît l'histoire d'Orus. On sait qu'il étoit fils d'Isis et d'Osiris, deux des grandes divinités de l'Égypte, et qu'il

---

(1) Lisez σιτιϰας.

*

vengea la mort de son père en chassant du pays, d'autres
disent en mettant à mort Typhon, qui avoit envahi le trône
d'Égypte en l'absence d'Osiris son frère.

Ce dieu et cette déesse dont Ptolémée Épiphane avoit reçu
le jour, comme Orus l'avoit reçu d'Isis et d'Osiris, étoient,
ainsi qu'on l'a déja vu, Ptolémée Philopator et Arsinoé sa femme,
qui dans notre inscription sont appelés *Dieux Philopatores* ou
Philopatres, Θεων Φιλοπαℓορων.

Les Ptolémées eurent tous, à l'imitation d'Alexandre, la
folie de se faire appeler *Dieux*. Les rois de Syrie suivirent aussi
cet exemple insensé.

ART. VIII.
Lig. 12, 13, 14.

Ταις τε εαυτυ δυναμεσιν σεφιλανθρωπηκε σασαις· και απο
των υπαρχυσων εν Αιγυπτω σροσοδων και φορολογιων τινας μεν
εις τελος αφηκεν, αλλας δε κεκυφικεν, οπως ο τε λαος και οι
αλλοι σαντες εν ευθηνια ωσιν, επι της εαυτυ βασιλειας· τα τε
βασιλικα οφειλημαℓα, α σροσωφειλον οι εν Αιγυπτω & οι εν
τη λοιπη βασιλεια αυτυ, ονℓα πολλα τω σληθει, αφεκεν &
τυς εν ταις φυλακαις απηγμενυς και τυς εν αιℓιαις ονℓας, εκ
σολλου χρονυ, απελυσε των ενκεκλημενων.

« Qu'il (1) n'a négligé aucun des moyens qui étoient
» en son pouvoir pour faire des actes d'humanité; et
» que, pour que dans son royaume (2) le peuple et en gé-
» néral tous les citoyens fussent dans l'abondance,
» il a supprimé tout-à-fait quelques-uns des tributs et des
» impositions qui étoient alors établis en Égypte, et
» diminué le poids des autres; Que de plus il a remis

---

(1) Ces *que* ou *qu'ils*, répétés à chaque phrase, ne contribuent pas sans
doûte à l'élégance du discours; mais ils sont nécessités par la formule considérant, placée à la tête de l'inscription, qui énonce les motifs du décret.

(2) Ou *sous son règne*.

» tout ce qui lui étoit dû des redevances royales, tant
» par ses sujets habitans de l'Égypte que par ceux de
» ses autres royaumes, quoique ces redevances fissent
» un objet considérable par leur quantité; Qu'il a ren-
» voyé absous ceux qui avoient été emprisonnés, et mis
» en jugement depuis long-temps ; »

En Égypte le produit des impositions se divisoit en deux
portions : l'une appartenoit au fisc et faisoit partie des revenus
de l'État; l'autre se versoit dans le trésor royal et étoit en-
tièrement à la disposition du monarque, qui pouvoit en disposer
à sa volonté.

Οντα πολλα τῳ πληθει. *Quoique ces redevances fissent un objet
considérable pour la quantité.* Il nous a paru qu'il étoit
plus naturel de rapporter τῳ πληθει à ces mots οντα πολλα, que
de dire *il remit à la multitude* τῳ πληθει αφηκεν ; parce que ce
qui précède rend inutile τῳ πληθει pris dans le sens de *peuple*
ou de *multitude.* D'ailleurs le rédacteur de l'inscription, dans
plus d'un endroit, emploie le mot πληθος pour exprimer la
quantité πληθος κκ ολιγον, et nous venons de voir que, voulant
dire le *peuple*, il s'est servi du mot λαος.

Il y avoit eu sous la fin du règne de Ptolémée Philopator,
et au commencement de celui de Ptolémée Epiphane, son fils,
de grands troubles en Égypte; ce qui avoit dû peupler les
prisons d'une multitude de malheureux, comme il ne manque
jamais d'arriver dans des temps de soulèvemens et de révolution.

Προσεταξε δε και τας προσοδϫς των ιερων και τας διδομενας
εις αυ]α κατενιαυ]ον συν]αξεις σι]ικας τε και αργυρικας, ομοιως
δε και τας καθηκουσας απομοιρας τοις Θεοις απο τε της
αμπελι]ιδος γης και των παραδεισων και των αλλων των
υπαρξαν]ων τοις Θεοις, επι του πα]ρος αυ]ϫ, μενειν επι χωρας·

« Qu'il a ordonné que les revenus des temples et
» les redevances qu'on leur payoit chaque année, tant
» en blé qu'en argent, ainsi que les parts réservées aux
» dieux sur les vignobles, les vergers, et sur toutes les
» autres choses auxquelles ils avoient droit du temps
» de son père, continueroient à se percevoir dans le
» pays ; »

Nous voyons par ce passage qu'en Égypte on prélevoit sur
toutes les productions de la terre, sans distinction, la part des
dieux; usage très-ancien, et qui se retrouve presque dans
toutes les religions. Cette part des dieux se percevoit en nature
et se prenoit même alors sur la vigne, quoique le vin eût été
autrefois en abomination dans toute l'Égypte. Les prêtres
avoient dit jadis que le jus du raisin n'étoit autre chose que
le sang des impies dont la terre avoit été abreuvée lorsqu'ils
perdirent la vie en faisant la guerre aux dieux. Ce fut sous
Psammétichus qu'on se mit à cultiver la vigne en Égypte. Les
Grecs que ce prince attira dans le pays y firent des planta-
tions de cet arbuste, et bientôt la culture en devint si floris-
sante que l'Égypte produisit des vins très-estimés. Tout le
monde y prit goût, et bientôt les prêtres noyèrent, comme les
autres, leurs scrupules dans cette agréable liqueur.

Art. X.
Ligne 16.

Προσεταξεν δε και περι των ιερεων, οπως μηϑεν πλειον
διδωσιν εις το τελεσικον ου ετασσον]ο, εως του πρω]ου ε]ους
επι του πα]ρος αυ]υ ·

« Qu'il a voulu que les prêtres ne payassent pas,
» pour être initiés aux mystères, un droit plus fort que
» celui qu'ils avoient payé jusqu'à la première année du
» règne de son père ; »

To τελεσικον signifie proprement le droit qu'on payoit pour être initié aux mystères. Tous les prêtres en Égypte ne jouissoient pas de cet honneur ; ils ne l'obtenoient qu'après bien des épreuves, et ces épreuves étoient encore très-longúes et très-pénibles du temps de Pythagore et même d'Hérodote. Je serois tenté de croire que dans la suite on se relâcha, comme il arrive dans toutes les religions, de la rigueur de l'ancienne discipline, et qu'on établit un droit de dispense que les initiés étoient obligés de payer. Ce droit avoit probablement augmenté sous le règne de Ptolémée Philopator, ou même dans les premières années du règne de Ptolémée Épiphane ; mais ce prince, voulant gratifier les prêtres, l'aura rappelé au taux où il étoit lorsque son père parvint à la couronne.

Απελυσεν δε και τους εκ των ιερων εθνων του κατ ενιαυτον εις Αλεξανδρειαν καταπλου·

Ant. XI.
Lig. 16, 17.

« Qu'il a dispensé ceux qui appartiennent aux tribus
» sacerdotales de faire tous les ans le voyage par eau à
» Alexandrie ; »

Ce qu'on vient de lire a sans doute rapport à quelque usage d'après lequel tous les individus des familles consacrées au culte étoient obligés de se rendre tous les ans à Alexandrie. Rien n'indique quel pouvoit être le motif de ce voyage. Étoit-ce pour y remplir quelque devoir de religion, et y faire quelques fonctions sacerdotales ? C'étoit peut-être une mesure de sûreté de la part du gouvernement, qui, pour ne pas perdre de vue des hommes dont il pouvoit se défier à cause de leur grand nombre et du crédit que leur donnoit le caractère dont ils étoient revêtus, leur faisoit une loi de venir se présenter chaque année aux magistrats de la capitale. Ptolémée Épiphane, en les affranchissant de cette obligation, leur avoit rendu un service dont, sans doute, ils sentirent tout le prix, et dont ils voulurent le récompenser, en consacrant dans cette inscription le souvenir d'un si grand bienfait.

Art. XII.
Lig 7, 18.

Προσεταξεν δε και την συλληψιν των εις την ναυ]ειαν μη ποιεισθαι· των τ'εις το βασιλικον συν]ελουμενων εν τοις ιεροις βυσσινων οθονιων απελυσεν τα δυο μερη·

« Qu'il a ordonné de ne plus faire la levée des choses
» qui se percevoient pour le service de la marine, et
» Qu'il a fait la remise des deux tiers sur la quantité
» de toile de byssus que les temples devoient fournir au
» fisc royal ; »

Ce passage est curieux ; il suppose qu'il y avoit dans les temples des manufactures où se travailloient des toiles de byssus. Comme les prêtres en faisoient une grande consommation pour leurs vêtemens, ils trouvoient sans doute du profit à les faire fabriquer sous leurs yeux et dans l'enceinte de leurs habitations ; car on peut se représenter ces enclos comme ceux de nos grands monastères du moyen âge, où se trouvoient réunies des familles d'ouvriers employés à faire tous les ouvrages nécessaires aux besoins de la communauté. Ces fabriques de toiles de lin ou de coton étoient sans doute assujéties à fournir une certaine quantité de toile au fisc royal. On peut voir dans notre *Mémoire sur le commerce et la navigation des Égyptiens sous les Ptolémées*, ce que nous avons dit des manufactures de lin qui existoient alors dans ce pays. J'ai depuis traité plus amplement cette matière dans un Mémoire particulier dont j'aurois pu donner ici un précis, si je ne m'étois fait une loi de ne pas trop multiplier les notes.

Τα τε εγλελειμμενα παν]α εν τοις προτερον χρονοις αποκα-
τεσησεν εις την καθηκουσαν ταξιν, φρον]ιζων οπως τα ειθισμενα
συντελη]αι τοις Θεοις κα]α το προσηκον· ομοιως δε και το δι-
καιον πασιν απενειμεν καθαπερ Ερμης ο μεγας & μεγας·

Art. XIII.
Lig. 18, 19.

« Qu'il a rétabli l'ordre convenable dans toutes les
» parties où il avoit été précédemment négligé, donné
» tous ses soins pour que tout ce qui avoit coutume de
» se pratiquer à l'égard des dieux s'observât de la ma-
» nière qu'il convient; Qu'il a aussi fait rendre à chacun
» justice, à l'exemple d'Hermès deux fois grand; »

Hermès deux fois grand. C'est ainsi que j'ai cru devoir
traduire ces mots : Ερμης ο μεγας & μεγας. Ce langage est dans
le génie de la langue hébraïque, qui, pour exprimer le super-
latif, répète deux ou trois fois l'adjectif.

Προσεταξεν (1) δε και τους κα]απορευομενους, εκ τε των μαχιμων και των αλλων των αλλοτρια φρονησαν]ων, εν τοις κατα την
ταραχην καιροις, κατελθοντας, μενειν επι των ιδιων κ]ησεων·

Art. XIV.
Lig. 19, 20.

« Qu'il a ordonné que les citoyens qui, après avoir
» quitté les rebelles armés et ceux dont les sentimens
» avoient été, dans les temps de trouble, opposés au
» gouvernement, étoient rentrés dans le devoir, fussent
» maintenus en possession de leurs propriétés. »

Le règne de Ptolémée Épiphane fut agité, comme on l'a déja
observé, par de fréquentes révoltes, qui, ayant éclaté dès le
commencement de son règne, durèrent long-temps et se
réveillèrent à diverses époques. Ce prince usa de clémence en

---

(1) Lisez προστταξιν.

pardonnant à ceux qui, après avoir suivi les rebelles, avoient mis bas les armes et s'étoient soumis volontairement. Il voulut même qu'on leur rendît leurs biens, qui sans doute avoient été confisqués.

Art. XV.
Lig. 20, 21.

Προενοηθη δε και όπως εξαποςαλωσιν δυναμεις ιππικαι τε και πεζικαι και νηες επι τους επελθονίας επι την Αιγυπτον κατα τε την θαλασσαν & την ηπειρον, υπομεινας δαπανας αργυρικας τε σίῖκας μεγαλας όπως τα θ' ιερα και όι εν αυη πανίας (1) εν ασφαλεια ωσιν·

« Qu'il a pourvu à ce qu'il fût envoyé des forces
» tant en cavalerie qu'en infanterie et en vaisseaux,
» contre ceux qui avoient fait une irruption en Égypte
» et par terre et par mer, ayant supporté de grandes
» dépenses et en argent et en blé pour que les temples
» des dieux et tous les habitans de l'Égypte soient à
» l'abri de tout danger; »

Ptolémée Épiphane prend ici les sages mesures auxquelles le gouvernement avoit coutume d'avoir recours toutes les fois que l'Égypte étoit menacée d'être attaquée par les ennemis du dehors, et sur-tout par les rois de Syrie. Ces derniers pouvoient y pénétrer par l'isthme de Suez, et porter des troupes jusque dans le cœur du pays par les canaux du Nil, où il leur eût été facile de s'introduire, si la cour d'Alexandrie n'eût eu soin d'entretenir des vaisseaux aux embouchures de ce fleuve, et d'y établir des postes de cavalerie et d'infanterie pour en défendre l'entrée. Ce sont ces mêmes précautions que Ptolémée

_____

(1) Lisez παντις.

Evergète avoit prises en pareilles circonstances, comme nous
l'avons vu à l'occasion du monument d'Adulis.

Παραγινομενος δε και εις Λυκων πολιν την εν τω Βεσιριτη η ην
καθειλημμενη και ωχυρωμενη προς πολιορκιαν, οπλων τε
παραθεσει δαψιλεστερα & τη αλλη χορηγια παση, ως αν εκ
πολλου χονου (1) συνεστηκυιας της αλλοτριοτητος τοις επισυναχθεισιν εις αυτην ασεβεσιν, οι ησαν εις τε τα ιερα και τους εν
Αιγυπτω κατοικουντας πολλα κακα συντετελεσμενοι, και αντικα-
θισας χωμασιν τε και ταφροις και τειχεσιν αυτην αξιολογοις
περιελαβεν.

« Que, s'étant approché de cette ville de Lycopolis,
» qui est située dans le canton de Busiris, et l'ayant
» trouvée occupée (*par ses ennemis*) et munie d'une
» très-grande quantité d'armes et de toutes les espèces
» d'approvisionnemens nécessaires pour soutenir un
» siége, parce qu'il y avoit déja long-temps que l'esprit
» de révolte s'étoit emparé des impies qui s'y étoient
» rassemblés et avoient causé beaucoup de dommage
» aux temples et aux habitans de l'Égypte, il a établi
» son camp devant cette place, et l'a entourée de ter-
» rasses, de fossés et de fortes murailles; »

Ce passage de l'inscription indique qu'il y avoit en Égypte
plus d'une ville qui portoit le nom de Lycopolis, ou ville des
Loups. Étienne de Bysance en distingue deux. Il place l'une
dans la Thébaïde ou la haute Égypte. Elle étoit la capitale

(1) Lisez χρονου.

d'un nome, à qui elle donnoit son nom, et dont les habitans s'appeloient Lycopolites. L'autre Lycopolis étoit située dans le Delta, et faisoit partie d'un canton ou district nommé le Busiritique, et qui paroît avoir été le même que le nome Sébennitique (1). Ce n'est donc pas sans raison que les auteurs de l'inscription ont eu soin de remarquer que cette ville de Lycopolis, dont ils veulent parler, étoit celle qui se trouvoit dans le canton ou nome de Busiris, pour qu'on ne la confondît pas avec l'autre. Strabon parle du nome de Busiris, qui avoit pour capitale une ville de ce nom, ἡ Βɛσιρις ɛν τῳ Βɛσιριτῃ νομῳ (2).

Art. XVII.
Lig. 24, 25.

Τɛ τɛ Νɛιλου την αναβασιν μɛγαλην ποιησαμɛνου, ɛν τῳ ογδοῳ ɛʃɛι, και ɛιθισμɛνɛ καʃακλυζɛιν τα πɛδια, καʃɛσχɛν, ɛκ πολλων τοπων, οχυρωσας τα σομαʃα των ποʃαμων, χορηγησας ɛις αυτα χρημαʃων πληθος ɛκ ολιγον·

« Que le Nil ayant fait, dans la huitième année (3),
» sa grande crue d'eau dans laquelle il a coutume
» d'inonder la plaine (4), il a arrêté ces débordemens
» par de fortes digues construites en plusieurs endroits,
» et a fortifié les embouchures des bras de ce fleuve,
» ayant dépensé à ces travaux des sommes considé-
» rables; »

Nous voyons par ce passage que, dans la huitième année du régne de Ptolémée Épiphane, c'est-à-dire celle qui pré-

---

(1) Steph. *Byzant.* — Cellar. *Ægypt.* — D'Anville, *Mém. sur l'Égypte*, p. 85.

(2) Strab. édit. Casaub. p. 801.

(3) *Du régne du jeune monarque*, sans doute.

(4) Ce qui eût forcé Ptolémée Epiphane de lever le siége ou le blocus.

céda son intronisation, il y avoit eu une de ces crues extraordinaires où le Nil avoit coutume de submerger la plaine. C'est l'idée que fait naître l'article τηυ placé devant le mot αναβασιν. Cet article indique qu'il ne s'agit pas seulement ici d'une grande crue quelconque, mais d'une crue qui étoit accompagnée d'une circonstance particulière, savoir, d'un débordement dans la plaine, ειθισμευε κατακλυζειν τα πεδια; c'est pourquoi nous avons cru qu'il falloit traduire ainsi: *le Nil ayant fait sa grande crue*, et non pas *une grande crue* en général. On sait que les crues périodiques de ce fleuve n'étoient pas toujours les mêmes. Pline observe qu'elles varioient depuis douze jusqu'à seize coudées, et que quelquefois elles alloient jusqu'à dix-huit; ce qui étoit arrivé sous l'empire de Claude. C'étoit sans doute d'une de ces grandes crues extraordinaires que l'inscription veut parler. Ptolémée Épiphane, ayant projeté de former le siége ou plutôt le blocus de Lycopolis, qui pouvoit durer long-temps, voulut probablement garantir son camp et les travaux du blocus, des incommodités de l'inondation actuelle, et de celles qui pourroient survenir par la suite: c'est pourquoi il prit le parti de faire construire des digues et des jetées le long du cours de ce fleuve, dans les endroits qui facilitoient davantage l'épanchement de ses eaux. Il avoit peut-être rendu par ces mêmes travaux, un service signalé au pays; car, s'il étoit nécessaire pour que la famine ne se fît pas sentir en Égypte, que les eaux du Nil s'élevassent à une hauteur déterminée, il étoit aussi très-fâcheux qu'elles excédassent cette mesure. Outre les dégâts qu'entraînent toujours avec eux les grands débordemens, il en résultoit que les terres restant trop long-temps sous l'eau, on ne pouvoit pas faire les semailles dans la saison convenable. Le passage de Pline, que j'ai déja cité à ce sujet, est curieux. Il dit que, lorsque le Nil ne s'élève qu'à douze coudées, l'Égypte éprouve la famine; qu'à treize elle souffre encore de la disette; que quatorze coudées donnent du contentement ; que quinze inspirent la sécurité, et que seize mettent le comble à la joie (ou à l'abondance). *Provincia..... in XII cubitis famam sentit; in XIII etiamnùm esurit; XIV cubita hilaritatem afferunt; XVI delicias.* Cette dernière mesure étoit la plus favorable : *Justum incrementum est cubitorum XVI* (1).

Art. XVIII.
Lig. 25, 26, 27.

Καὶ καταϛησας ἱππεις τε και πεζους προς τη φυλακη αυτων, εν ολιγω χρονω την τε πολιν κατακρατος ειλεν, και τους εν αυτη ασεϐεις παντας διεφθειρεν, καθαπερ Ερμης και Ωρος ὁ της Ισιος και Οσιριος υιος εχειρωσαντο τους εν τοις αυτοις τοποις αποϛαντας προτερον·

« Et, qu'après avoir établi des corps de troupes, tant de
» pied que de cheval, pour les garder (2), il a, en peu de
» temps, emporté de force la ville, et a exterminé tous
» les impies qui s'y trouvoient, comme Hermès, et Orus
» fils d'Isis et d'Osiris, avoient domté autrefois dans
» ces mêmes lieux les rebelles; »

Ptolémée Épiphane, en établissant des postes de cavalerie et d'infanterie pour garder les bouches du Nil, intercepta aux révoltés de Lycopolis toute communication avec les étrangers, dont ils pouvoient tirer des secours d'autant plus facilement que cette ville n'étoit pas fort éloignée de la mer. Au moyen de cette précaution et des murs de circonvallation dont il l'avoit fait entourer, elle dut être bientôt forcée de se rendre.

Ptolémée Épiphane traita les impies qui s'étoient emparés de Lycopolis comme Hermès et Orus avoient traité jadis les

----

(1) Plin. Nat. lib. V, cap. 5.

(2) Ce qui se rapporte aux embouchures des bras du fleuve.

rebelles dans ces mêmes lieux : εν τοις αυτοις τοποις. Ces derniers
mots indiquent que, suivant l'opinion qui avoit alors cours en
Égypte, le canton où étoit située Lycopolis avoit été autrefois
le théâtre du combat qu'Orus, aidé d'Hermès, livra à Typhon,
le meurtrier de son père Osiris. Ce parallèle étoit sans doute
très-honorable pour Ptolémée Epiphane ; et l'exemple de ces
Dieux auxquels on le comparoit, servoit en même temps à le
justifier des rigueurs dont il avoit usé envers ces rebelles et ces
dévastateurs des temples, contre lesquels il avoit été forcé de
prendre les armes. L'histoire, qui est ici d'accord avec l'inscription, nous dit qu'en effet Ptolémée Épiphane, après la
victoire, n'épargna pas les vaincus, et qu'il leur fit porter tout
le poids de ses vengeances. Polybe (1) parle du siége et de
la prise de Lycopolis par ce prince. Mais cette expédition
n'eut pas lieu la vingt-unième année du règne de Ptolémée
Épiphane, comme l'a dit F. Vaillant dans son histoire des
Ptolémées par les Médailles. Entraîné par l'autorité de ce savant, je m'étois imaginé d'abord que, puisque le monument
de Rosette paroissoit faire mention d'un événement postérieur
de plusieurs années à l'époque où ce prince avoit été couronné,
il étoit impossible d'en rapporter la date à son inauguration,
et que par conséquent il falloit la renvoyer au temps où son
fils avoit été inauguré. Je croyois que les prêtres de l'Égypte
s'étant trouvés tous réunis à Memphis pour cette cérémonie,
ils avoient voulu profiter de l'occasion pour payer le tribut
de leur reconnoissance à la mémoire de Ptolémée Éphiphane,
et se rendre en même temps agréables à son fils. Par suite de
cette première idée, je crus pouvoir, d'après la liberté que m'en
laissoit le défaut absolu de toute espèce de ponctuation dans
le texte, joindre cet adverbe προτερον, *auparavant*, non au
mot αποςαντας de cet article, mais aux mots τας αφηγησαμενας qui

(1) *Excerpta* Polyb. *ab Henrico Valesio*, p. 112.

*

commencent l'article suivant. Cet adverbe ainsi placé fa-
vorisoit singulièrement mon opinion, puisqu'en effet il
rendoit l'inauguration de Ptolémée antérieure à la prise de
Lycopolis ; car il s'ensuivoit qu'avant l'expédition de Lycopolis,
προτερον, ce prince avoit puni les chefs des rebelles qui s'étoient
révoltés sous le règne de son père, τυς αφηγησαμενυς των αποςαντων
επι τυ εαυτυ πατρος...... εκολασεν. Or ce châtiment qu'il fit subir à
ces chefs des rebelles, coïncidant avec le temps καθ' ὁν καιρον où
il étoit venu à Memphis pour s'y faire couronner, il en résultoit nécessairement que son inauguration avoit précédé la prise
de Lycopolis, et que par conséquent ce n'étoit pas de la sienne
qu'il s'agissoit dans le monument de Rosette, mais de celle de
Ptolémée Philométor son fils. Quelques autres phrases que
j'interprétois dans le sens le plus favorable à mon système,
et notamment celle qui se trouve plus haut à la page 43, lignes
7 et 8 de l'inscription, sembloient s'accorder pour me tromper.
Mais après un plus mûr examen, après avoir considéré plus
attentivement l'inscription dans chacune de ses parties et dans
tout son ensemble, je me suis décidé à renoncer aux premières
idées qui s'étoient emparées de mon esprit, et à leur préférer
une opinion qui ne présente pas les mêmes difficultés, quoiqu'elle
n'en soit, peut-être, pas tout-à-fait exempte. Je suis entré dans
ces détails, que j'eusse pu supprimer, pour faire voir combien
il faut se tenir sur ses gardes contre l'illusion, quand on travaille sur un texte dépourvu de toute espèce de ponctuation,
et combien un *point* ou une *virgule* placée avant ou après un
mot, peut quelquefois changer le sens d'une phrase. D'ailleurs
il me semble qu'il est de la loyauté d'un voyageur qui navigue
le premier dans de nouveaux parages, d'avertir, pour l'ins-
truction des autres, des écueils qu'il a rencontrés, et des fausses
routes qu'il peut avoir faites.

Pour revenir à la prise de Lycopolis par Ptolémée Épiphane,
cet événement est, d'après l'inscription, de l'an 8 ou environ,

du règne de ce prince, et non pas de l'an 21 ou 22, comme le dit Vaillant dans son *Canon chronologicus*, et dans le cours de son histoire ; ce qui en recule l'époque de treize à quatorze ans.

Τους αφηγησαμενους των αποσαν]ων επι του εαυ]ου πατρος και την χωραν ε(πιφθερ)αν]ας και τα ιερα αδικησαν]ας, παρα-γενομενος εις Μεμφιν, επαμυνων τω πα]ρι και τη εαυ]ου βασιλεια, παντας εκολασεν καθηκοντως, καθ' ον καιρον παρεγενηθη προς το συντελεθ (σεθαι τα) προσηκον]α νομιμα τη παραλη-ψει της βασιλειας·

Art. XIX.

Lig. 27.

Lig. 28.

« Qu'étant entré dans Memphis, en vengeur de son
» père et de sa propre couronne, il a puni, comme ils
» le méritoient, les chefs de ceux qui s'étoient révoltés
» sous son père et avoient *dévasté* le pays et dépouillé les
» temples ; ce qui est arrivé à l'époque où il est venu
» dans cette ville afin d'y *remplir* les formalités pres-
» crites pour la Prise-de-possession de la couronne ; »

Ce dernier passage s'entend suffisamment, et n'a pas besoin de commentaire. Il suppose que Ptolémée Épiphane fit quelque séjour à Memphis, avant la cérémonie de son couronnement.

Dans le corps de la vingt-septième ligne il manque quelques lettres pour achever un mot qui commence par un ε et qui finit par ces deux syllabes, αντας. Je ne crois pas qu'on puisse mieux faire pour remplir cette lacune que de lire επιφθεραντας.

La ligne vingt-huit présente aussi un mot qui a été mutilé sur la pierre comme le précédent, et par la même cause, savoir συντελεσθη..... Il n'y a guères lieu de douter que pour compléter ce mot il ne faille lire συντελεσθησεσθαι, et y ajouter l'article τα.

Αφηκεν δε και τα εν τοις ιεροις οφειλομενα εις το βασιλικον εως του ογδοη ετους, οντα εις σιτη τε και αργυριου πληθος ουκ,

Art. XX.

Lig. 28.

Lig. 29.
Lig. 30.

ολιγον, ωσαυ(τως δε κ)αι τας τιμας των μη συντε]ελεσμενων
εις το βασιλικον βυσσινων οθ(ονι)ων και των συντε]ελεσμενων
τα προς τον δειγματισμον διαφορα, εως των αυτων χρονων·

« Qu'il a fait la remise de ce qui étoit dû en grain
» et en argent dans les temples au trésor royal, jusqu'à
» la huitième année; ce qui formoit une masse consi-
» dérable; Qu'il a pareillement fait grace des contribu-
» tions de toiles de byssus qui n'avoient point été four-
» nies à ce trésor jusqu'à la même époque, ainsi que
» du dédommagement exigible pour celles qui y avoient
» été déposées, mais qui ne s'étoient point trouvées
» conformes à l'étalon; »

Nous avons vu plus haut qu'en Égypte il se prélevoit une
contribution sur les toiles de byssus fabriquées dans les temples, et que Ptolémée Épiphane l'avoit beaucoup réduite. Ici
ce prince fait l'abandon du prix ou de la valeur des toiles qu'on
avoit négligé de remettre à son trésor, jusqu'à la huitième
année, εως ογδου ετους (de son règne, sans doute). Peut-être faut-il
entendre par ces mots, τας τιμας, l'amende encourue pour avoir
manqué à porter au trésor royal la quantité de toiles prescrite
par les ordonnances; car τιμαι peut signifier également le prix
ou la valeur d'une chose, les contributions que chacun est
tenu de payer au fisc, et l'amende encourue pour n'avoir point
satisfait aux impositions. Dans les temps de trouble et de dé-
sordre qui avoient agité les premières années du régne de Ptolémée Épiphane, on s'étoit sans doute dispensé, comme il arrive
toujours en pareilles circonstances, de payer les contributions
et les impôts.

Ptolémée Épiphane voulut de plus qu'on n'exigeât aucun
dédommagement pour celles des toiles qui, après avoir été

remises aux officiers du fisc; ne s'étoient pas trouvées conformes à l'étalon. C'est le sens que j'ai cru devoir donner à cette dernière partie de la phrase, *και των συντετελεσμενων τα προς τον δειγμαλισμον διαφορα.* Δειγμαλισμος me paroît devoir s'entendre du modèle ou de l'étalon auquel les fabricans étoient tenus de se conformer, pour que leurs ouvrages ou marchandises fussent recevables. Ce mot, comme on sait, vient immédiatement de δειγματιζω, qui signifie *proposer pour exemple* ou pour *modèle*, et qui a lui-même pour racine δειγνυμι, *montrer*.

Je ne disconviendrai pas qu'on peut me faire une difficulté de grammaire sur le sens que je donne à ces mots, *τα προς τον δειγμαλισμον διαφορα,* en leur faisant signifier des toiles *différentes de l'étalon* ou *échantillon.* Car, me dira-t-on, ce mot διαφορα signifiant, selon vous, *différent*, présente l'idée d'une chose qui s'éloigne de l'objet de comparaison, et ne peut par conséquent s'associer avec la préposition προς, qui indique, au contraire, une action tendante vers cet objet. Je réponds qu'il n'est pas possible de prononcer qu'une chose diffère d'une autre, sans la comparer avec cette autre, sans l'en approcher. C'est cette idée implicite et sous-entendue de rapprochement, qui a déterminé ici l'adoption de la préposition προς, parce qu'il falloit que les pièces de toile dont il s'agit fussent comparées à l'étalon ou échantillon, προς τον δειγμαλισμον, avant qu'on pût reconnoître si elles en différoient.

A la ligne 29, vers le milieu, nous avons dû suppléer quelques lettres qui se sont trouvées effacées par le temps sur la pierre. Il n'étoit guère possible de leur en substituer d'autres que celles que nous avons mises entre deux parenthèses. A la fin de cette même ligne il manque trois lettres qui ne peuvent être que celles-ci, οντ. Ces lettres ajoutées à οθ qui termine la ligne, font οθονι, puis οθονιων, si on y réunit la syllabe isolée ων qu'on voit au commencement de la ligne suivante. Οθονιων est incontestablement le vrai mot.

Art. XXI.
Lig. 30, 31. Απελυσεν δε τα ιερα και της α(νατιθε)μενης αρταβης επι τη αρουρα της ιερας γης, και της αμπελιτιδος ομοι(ως) το κεραμιον τη αρουρα·

« Qu'il a affranchi les temples du droit d'artabe *im-*
» *posé* sur chaque aroure de terre sacrée, et a sembla-
» blement aboli celui d'amphore qui se prélevoit sur
» chaque aroure de vigne ; »

Quoique le sens que je donne à ce passage soit assez naturel, je ne puis cependant disconvenir que la construction de la phrase grecque ne paroisse ici un peu forcée, et que l'ellipse que j'y suppose ne soit aussi un peu hardie. On sent, je l'avoue, une sorte de répugnance à faire gouverner το κεραμιον par απελυσεν. Cependant il faut bien que les mots το κεραμιον soient régis par un verbe, et où en trouver un autre qui les régisse? D'ailleurs, l'adverbe ομοιως ne semble-t-il pas appeler le verbe απελυσεν pour régir το κεραμιον, comme il régit τα ιερα? Dans le premier membre de la phrase, c'est sur le sujet qui est affranchi que le verbe απελυσεν porte son action; dans le second membre, c'est au contraire sur la chose dont on est affranchi. C'est la circonstance de ce changement si subit dans l'objet du régime, qui fait ici toute la difficulté; car, à la rigueur, il n'y auroit rien de choquant contre la langue dans cette phrase, si elle étoit isolée ou placée ailleurs : απελυσεν το κεραμιον αναθεμενον τη αρουρα της αμπελιτιδος, *il abolit le droit d'amphore imposé sur chaque aroure de vigne.*

Nous rétablissons le mot mutilé qui se trouve dans la ligne 30, en lisant ανατιθεμενης. Ce mot s'accorde très-bien avec αρταβης. L'analogie veut qu'on sous-entende αναθεμενον après το κεραμιον.

L'αρταβη étoit une mesure de capacité pour les choses sèches, comme le κεραμιον, que les interprètes rendent par *amphora,* servoit à mesurer les liquides.

L'*artabe*, dit Hérodote, est une mesure persique plus grande de trois cheniques attiques que le médimne attique; ce qui fait, d'après l'évaluation de Budée, un peu plus de six de nos boisseaux, ancienne mesure. Quant à l'amphore, elle pouvoit contenir environ trente-six de nos anciennes pintes de Paris.

L'aroure dont il est question dans ce passage étoit une mesure de longueur ou de surface, usitée en Égypte, comme plusieurs auteurs nous l'apprennent, et en particulier le même Hérodote. Cet historien, après avoir dit qu'en Égypte on donnoit à chaque homme de guerre douze *aroures* exemptes de toute imposition, ajoute que l'aroure est une pièce de terre qui comprend cent coudées égyptiennes en tout sens. L'aroure paroît répondre au *jugerum* des Latins, c'est-à-dire à l'espace qu'une charrue attelée de deux bœufs pouvoit labourer en un jour.

Comme l'artabe, d'après tous les anciens qui en ont parlé, étoit originairement une mesure à l'usage des Perses ou des Mèdes, je serois tenté de croire que cette imposition mise sur les terres sacrées ou dépendantes des temples, n'avoit eu lieu que depuis la conquête de l'Égypte par les Perses, qui traitoient avec le dernier mépris la religion des Égyptiens; car il a été un temps où les biens des prêtres et des temples n'étoient assujétis à aucune redevance.

Τῷ τε Απει και τῳ Μνευει πολλα εδωρησα]ο και τοις αλλοις ἱεροις ζωοις τοις εν Αιγυπτῳ · ART. XXII.
Lig. 31.

« Qu'il a fait beaucoup de donations à Apis et à » Mnevis, et aux autres animaux sacrés de l'Égypte; »

Apis et Mnevis étoient, comme personne ne l'ignore, deux bœufs sacrés que toute l'Égypte honoroit d'un culte particulier. Apis avoit un temple ou palais magnifique à Memphis, et étoit consacré à la lune. Mnevis en avoit un aussi dans la ville d'Héliopolis, et étoit consacré au soleil. Il existoit encore un autre bœuf sacré, nommé Onuphis, qui résidoit dans la ville d'Hermunthe sur le Nil (1). Comme il ne jouissoit pas d'une si grande célébrité que les deux autres, il n'est pas étonnant qu'on ne l'ait point nommé dans l'inscription. Il s'y trouve sans doute confondu avec le reste des animaux sacrés qui eurent part aux pieuses libéralités de Ptolémée Épiphane, και τοις αλλοις ιεροις ζωοις τοις εν Αιγυπτω, et le nombre, comme on sait, n'en étoit pas petit.

Art. XXIII.
Lig. 31.

Πολυ κρεισσον των προ αυτου βασιλειων (2) φροντιζων υπερ των ανηκον........ αυτα διαπαντος, τα τ' εις τας ταφας αυτων καθηκοντα διδους δαψιλως και ενδοξως ⊙ τα τελισκομενα εις τα ιδια ιερα, μετα θυσιων και πανηγυρεων και των αλλων των

Lig. 32.

νομι (ζομενων)·

« Que, portant beaucoup plus loin que les rois ses
» prédécesseurs l'attention pour tout ce qui peut, dans
» toutes les circonstances, concerner le service de ces
» animaux sacrés, il a assigné, avec autant de généro-
» sité que de magnificence, des fonds pour fournir aux
» frais de leurs funérailles et aux dépenses des sacrifices,
» des grandes assemblées, et autres cérémonies qui ont
» coutume d'avoir lieu dans les temples dédiés au culte
» de chacun d'eux en particulier; »

Les funérailles des animaux sacrés, depuis celles du bœuf Apis jusqu'à celles de la musaraigne, se faisoient à grands frais et avec beaucoup de pompe. C'est ce qu'on peut voir plus en

_____

(1) Macrob. — Ælian. *De Animal.* cap. 11.
(2) Lisez βασιλιων.

détail dans les anciens auteurs, et sur-tout dans Hérodote et
Diodore de Sicile. Ce dernier nous apprend que Ptolémée, fils
de Lagus, avoit dépensé cinquante talens aux funérailles du
bœuf Apis ; ce qui feroit, en n'évaluant le talent qu'à 3000 francs,
une somme de 150,000 francs de notre monnoie.

A la fin de la ligne 31 il manque six ou sept lettres. J'ajoute
των au dernier mot ανηκον.... et je propose de mettre ensuite là
préposition προς devant αυτα ; ce qui donnera cette leçon, υπερ
των ανηκοντων προς αυτα.

La ligne 32 ne peut être terminée autrement que par ζομενων}
qui, avec les deux syllabes νομι, fait νομιζομενων.

Τα τε τιμια των ιερων και της Αιγυπτε διατετηρηκεν επι
χωρας, ακολυθως τοις νομοις·

Art. XXIV.
Lig. 33.

« Qu'il a eu soin que les droits des temples et ceux
» de l'Égypte fussent conservés dans le pays, confor-
» mément aux lois ; »

Par cette phrase les prêtres semblent exprimer les sentimens
de leur reconnoissance envers Ptolémée Epiphane, de ce qu'étant
Macédonien, et par conséquent prince étranger, il a toujours
respecté les droits des temples ou de la religion, et ceux de
la nation, και της Αιγυπτε, et n'a donné aucune atteinte aux
usages et privilèges du pays. C'est le sens qui est, je crois,
indiqué par ces paroles, επι χωρας, ακολυθως τοις νομοις.
Τα τιμια ne pourroit-il pas signifier aussi *les monumens curieux,
les choses rares?* De sorte que cet article du décret paroîtroit
faire ici un mérite à Ptolémée Épiphane d'avoir sauvé des ra-
vages des impies les monumens qui se voyoient dans les temples
et dans les divers lieux de l'Égypte. Toutefois il faut avouer que
ces mots qui suivent, ακολυθως τοις νομοις, ne s'accorderoient pas
si bien avec cette seconde interprétation qu'avec la précédente.

Art. XXV. Καὶ τὸ Ἀπιειον εργοις πολυτελεσιν κατεσκεύασεν, χορηγησας εις
Lig. 33, 34. αυτο χρυσια τε κ (αι αργυρι)α και λιθων πολυτελων πληθος ακ
ολιγον·

« Qu'il a fait faire de magnifiques ouvrages au temple
» d'Apis, et a fourni pour ces travaux une grande quan-
» tité d'or et d'argent et de pierres précieuses ; »

Το Ἀπιειον. C'est l'expression dont les Grecs se servoïent pour
désigner le temple du bœuf Apis ; comme ils disoient το Ανυβιδιον
pour dire le temple d'Anubis, το Σεραπειον, le temple de Sérapis,
et το Αθηναιον pour signifier le temple de Minerve. Le temple
ou le palais d'Apis étoit de la plus grande magnificence ; c'est
ce qu'on peut voir dans les descriptions que nous en ont don-
nées divers auteurs de l'antiquité, tels qu'Hérodote, Diodore
de Sicile, Strabon, Pline et Ammien Marcellin.

Je crois que dans ce passage il ne s'agit pas d'or et d'argent
monnoie, mais d'or et d'argent en masse ou en lingots, tirés
du trésor royal et délivrés aux ouvriers chargés de mettre en
œuvre ces métaux pour les décorations de ce somptueux édifice.
Quant à ces mots, λιθων πολυτελων, je crois aussi qu'ils signifient,
non des pierres d'une qualité rare ou de beaux marbres, mais
des pierres précieuses prises dans le sens ordinaire. J'ai prouvé
ailleurs (1) qu'on trouvoit en Égypte des pierres précieuses de
différentes espèces, telles que des améthystes, des bérils, des
agathes et des émeraudes. Ce pays fournissoit aussi des marbres
de diverses couleurs.

Je n'ai pas besoin de faire observer qu'il n'étoit pas possible de
remplir la petite lacune qui se trouve à la fin de la trente-troi-
sième ligne, autrement qu'en y ajoutant ces syllabes (αι αργυρι).

_____

(1) *Histoire du commerce et de la navigation des Égyptiens sous les
Ptolémées*, p. 245.

Καὶ ἱερα καὶ ναὸς καὶ βωμους ἰδρυσατο, τα τε προσδεομενα
επισκευης προσδιωρθωσατο, εχων Θεʊ ευεργετικʊ εν τοις ανηκο
(υσι προς το) Θειον διανοιαν·

« Qu'il a élevé et des temples et des chapelles et
» des autels, et qu'il a fait les réparations nécessaires
» à ceux qui en avoient besoin, ayant le zèle d'un dieu
» bienfaisant pour tout ce qui concerne la Divinité; »

La manière dont j'ai suppléé ce qui manque à la fin de la
ligne 34 exige quelque éclaircissement. Cette ligne finit ainsi :
εν τοις ανηκο....., et la ligne qui suit commence par ces mots,
Θειον διανοιαν. J'achève ανηκο, en lisant ανηκουσι, qui s'accorde avec
l'article τοις; ce qui ajoute trois lettres à cette ligne. Mais cela
ne suffit pas pour lui donner la mesure qu'elle doit avoir. A
ces trois lettres il est nécessaire d'en joindre encore quelques
autres qui puissent, non seulement compléter cette mesure,
mais qui de plus soient propres à se lier naturellement avec
les mots Θειον διανοιαν placés à la tête de la ligne suivante. Comme
il n'est guère probable que Θειον soit ici l'adjectif du mot διανοιαν,
il faut qu'il soit pris substantivement, sur-tout si rien n'empêche de le faire précéder de l'article το. Ainsi, en ajoutant
cet article το avec la préposition προς ou εις, et finissant avec
trois autres lettres le mot commencé ανηκο, on aura huit ou neuf
lettres supplémentaires. Ce nombre est nécessaire et suffit pour
remplir la dixième ligne. Alors nous aurons cette leçon, εχων Θεʊ
ευεργετικʊ εν τοις ανηκο (υσι προς το) Θειον διανοιαν ; ce qui signifie,
ayant le zèle d'un dieu bienfaisant pour tout ce qui concerne
la Divinité.

Peut-être les prêtres, ou ceux qui ont rédigé l'inscription,
ont-ils eu l'intention, en se servant ici du mot ευεργετικʊ, de

faire allusion à Ptolémée Evergète, qui se distingua par sa piété envers les dieux, et qui s'étoit rendu très-agréable aux Égyptiens, en leur rapportant de la Perse, où il avoit poussé ses conquêtes, les statues des dieux que Cambyse leur avoit enlevées. C'est principalement à cette action qu'il dut l'épithète honorable d'*Evergète* ou de *Bienfaisant* que la nation lui décerna. Ce fait nous est attesté par saint Jérôme; à qui l'histoire est encore redevable de quelques autres particularités intéressantes concernant les Ptolémées, rois d'Égypte (1).

Art. XXVII. Lig. 35.

Προσπυνθανομενος τε τα των ιξρων (2) τιμιωτα]α, ανανευτο επι της εαυτου βασιλειας, ως καθηκει·

« Que, s'étant soigneusement informé de l'état où se
» trouvoient les choses les plus précieuses renfermées
» dans les temples, il les a renouvelées dans son
» royaume autant qu'il étoit nécessaire. »

Je ne dissimulerai pas que cette phrase, προσπυνθανομενος τε τα των ιερων τιμιωτα]α, ανανευτο επι της εαυτη βασιλειας, ne puisse comporter un autre sens que celui que je lui ai donné dans ma traduction. Elle pourroit, j'en conviens, signifier aussi que *Ptolémée Epiphane s'étant soigneusement informé de l'état des temples les plus célèbres, il les a renouvelés dans son royaume d'Égypte.* Alors ces mots, τα τιμιωτα]α, se rapporteroient aux édifices des temples; mais j'ai préféré l'autre inter-

_____

(1) *Denique gens Ægyptiorum idolatriæ dedita : quia post multos annos Deos eorum retulerat, Evergetem eum appellavit.* S. Hieronym. *in Danielem,* к III, dol. 1443, edit. Benedict.

(2) Εισεν Ιχων.

C I

prétation, parce que, dans l'article précédent, il est déja dit
que Ptolémée Epiphane avoit fait aux temples *les réparations
dont ils avoient besoin.* Ce seroit redire dans celui-ci assez inu-
tilement la même chose. Il est donc plus raisonnable d'entendre
dans ce nouvel article, par ces mots, *τα των ἱερων τιμιωτατα,* non
les *édifices des plus célèbres d'entre les temples,* mais les
choses les plus précieuses, les monumens, les objets les plus
rares, renfermés dans leur enceinte ; enfin, si l'on veut, les
ornemens qui les décoroient. D'ailleurs, il ne paroît guère probable que Ptolémée Epiphane eût eu le temps, depuis le petit
nombre d'années qu'il régnoit, de renouveler ou de reconstruire
à neuf, *ανανεωτα,* aucun des plus fameux temples de l'Égypte.

Ἐπι της ἑαυτε βασιλειας, *in sui ipsius regno.* Le pronom ἑαυτε,
sui ipsius, au lieu d'αυτε, qui auroit pu suffire, paroît placé ici
pour faire entendre que ces réparations faites aux temples n'a-
voient pas eu lieu dans toute l'étendue du pays soumis à la domination de Ptolémée Épiphane, mais seulement dans cette
partie qui formoit spécialement son royaume, son domaine
principal, c'est-à-dire l'Égypte.

Ανθ᾽ ὡν δεδωκασιν αυτῳ οἱ Θεοι ὑγιειαν, νικην, κρατος, και
τ᾽ αλλ᾽ αγαθ (α.........) της βασιλειας διαμενουσης αυτῳ και
τοις τεκνοις εις τον ἁπαντα χρονον·

« En récompense de quoi, les dieux lui ont donné la
« santé, la victoire, la force et les autres biens........ la
» couronne devant lui demeurer, ainsi qu'à ses enfans,
» jusqu'à la postérité la plus reculée ; »

Nous ferons observer qu'il s'en faut de neuf à dix lettres que
la ligne trente-cinq soit terminée. De ces lettres il n'y a que
l'alpha qui achève αγαθ..... dont on soit sûr. Rien n'indique

les mots intermédiaires entre αλλ᾽ αγαθα et της βασιλειας διαμενησης qui commence la ligne trente-six. Si l'on osoit proposer ces mots, μετ᾽ ελπιδος, avec l'espérance que le diadème lui demeureroit, ainsi qu'à ses enfans, pour toujours, on auroit un supplément qui feroit un sens assez plausible, qui rendroit à la ligne la quantité juste de lettres qu'elle a perdues, et qui en même temps mettroit en régime της βασιλειας διαμενησης. Alors ce dernier membre de phrase ne seroit plus regardé comme un génitif absolu. Toutefois il y a grande apparence que ce membre de phrase exprimoit un vœu des prêtres pour que le régne de Ptolémée Epiphane fût de longue durée et que le sceptre ne sortît pas de sa maison. Dans ce cas la phrase, telle qu'elle est, se suffiroit à elle-même et n'auroit pas besoin d'addition.

Il me semble que les auteurs de l'inscription nous rappellent ici une ancienne formule de prières que le grand prêtre des Égyptiens faisoit tous les matins pour le roi, et dans laquelle ce pontife demandoit aux dieux, à haute voix, de donner au monarque la santé et tous les autres biens, διναι την τε υγιειαν και τ᾽ αλλα αγαθα παντα τω βασιλει. Cette dernière phrase a certainement beaucoup de rapport avec celle-ci de notre inscription : δεδωκασιν αυτω οι Θεοι υγιειαν..... και τ᾽ αλλ᾽ αγαθα. Peut-être ce dernier mot étoit-il suivi de παντα, comme dans la prière du pontife égyptien citée par Diodore de Sicile (1).

ART. XXIX. ΑΓΑΘΗΙ ΤΥΧΗΙ.
Lig. 36.
« A LA BONNE FORTUNE. »

Cette formule se trouve fréquemment dans les inscriptions grecques. Les Romains l'avoient adoptée. Beaucoup de leurs

(1) Edit. Petri Wesselingii. Amstel. 1746; fol. t. 1, p. 81.

inscriptions portent ces mots : *Bonæ Fortunæ.* C'étoit une espèce d'invocation faite à la *bonne fortune* pour l'heureuse réus-
site de ce qui alloit être décrété. Ces mots sont à la tête du
prononcé du décret qui fait la troisième partie de l'inscription,
et qui commence en ces termes :

ΕΔΟΞΕΝ τοις ἱερευσι των κατα την χωραν ἱερων πανΊων τα   Art. XXX.

ὑπαρχοντα τ.......... τῳ αιωνοβιῳ βασιλει Πτολεμαιῳ, ηγαπη-   Lig. 36.

μενῳ ὑπο τȣ Φθα, Θεῳ Επιφανει, ευχαριϛῳ, ὁμοιως δὲ και τα

των γονεων αυτȣ Θεων Φιλιπατορων (1), και τα των πρ̄ογονων

Θεων Ευεργ (ετων, και τα) των Θεων Αδὲλφων, και τα των   Lig. 37.

Θεων ΣωΊηρων, επαυξειν μεγαλως·   Lig. 38.

« Il a plu aux prêtres de tous les temples du pays de
» décréter, Que *tous les honneurs* appartenans au roi
» Ptolémée toujours vivant, le bien-aimé de Phtha, dieu
» Épiphane, très-gracieux, ainsi que ceux qui sont dus à
» son père et à sa mère, les dieux Philopatores, et ceux
» qui sont dus à ses aïeux, les dieux Evergètes, et *ceux*
» *qui sont dus* aux dieux Adelphes, et ceux qui sont
» dus aux dieux Sauveurs, fussent considérablement
» augmentés; »

Τα ὑπαρχοντα τ..... Je crois que ce τ isolé pourroit bien être
la première lettre de τιμια; c'est pourquoi j'ai traduit les *honneurs, honores, jura,* et pour achever la ligne j'ajoute απαντα,
tous. Quant à τιμια, nous l'avons déja vu employé plus haut,
ligne 33, à peu près dans le même sens que nous lui donnons ici.
Je proposerois encore une autre conjecture; car, lorsqu'il
s'agit d'expliquer un monument ancien qui se distingue par des

_____

(1) Lisez Φιλοπατορων.

singularités dont on n'a point d'exemple ni dans l'histoire ni dans
d'autres monumens connus, on ne sauroit trop considérer les
objets qu'il présente sous tous leurs aspects, ni trop faire remarquer les divers sens dont le texte peut quelquefois être susceptible.

Je dis donc qu'on pourroit, pour remplir la petite lacune
qui suit ces mots, τα ὑπαρχον〕α τ............, y ajouter οις θεοις
και, et lire τα ὑπαρχον〕α τοις Θεοις και τῳ αιωνοϐιῳ, etc. Cette restitution ne paroît pas excéder le nombre de lettres nécessaires pour
terminer la 37ᵉ ligne. Elle a d'ailleurs beaucoup de conformité
avec ces autres mots, των ὑπαρξαν〕ων τοις Θεοις, qui se trouvent
plus haut, ligne quinze.

Il seroit assez naturel de supposer que les prêtres, ayant voulu
dans un décret solennel décerner des honneurs à un nouveau
Dieu, n'eussent pas oublié les anciens. C'étoit même une chose
plus glorieuse pour Ptolémée Epiphane, qui par là se voyoit
assimilé à ces divinités et mis pour ainsi dire à leur rang.
C'est peut-être aussi pour mieux faire sentir cette distinction
particulière qu'on a changé de régime pour ce qui concerne les
autres Ptolémées, et qu'au lieu de dire ὁμοιως δὲ ⑭ τα ὑπαρχον〕α
τοις γονευσι αυτᾳ Θεοις, etc. on a dit, ὁμοιως δὲ και τα των γονεων
αυτᾳ Θεων, et ainsi pour tous les autres princes de la famille.

Personne sans doute ne sera tenté d'élever de difficulté sur la
manière dont nous terminons la ligne trente-sept. On ne sauroit
la compléter autrement que par les syllabes ετων και τα. L'inspection seule du texte suffit pour s'en convaincre.

Aɪᴛ. XXXI.
Lig. 38.

Στησαι δὲ τᾳ αιωνοϐιᾳ βασιλεως Πτομαιου (1), Θεᾳ Επιφανους,
ευχαρισᾳν εικονα, εν ἑκασᾳ ἱερῳ εν τῳ επιφα.......... ἡ προσαγο-
μασθησᾳαι Πτολεμαιᾳ του επαμυναντος τῃ Αιγυπτῳ, ἡ παρε-
σϯεξᾳαι (2) ὁ κυριωτατος Θεος τᾳ ἱερᾳ διδους αυ〕ῳ ὁπλον νικη-

Lig. 39.

〕ικον, ᾁ δ' εϯαι κατεσκευασμᾳ (να.............)τροπον·

_____

(1) Lisez Πτολεμαιᾳ.   (2) Lisez παρασησεϯαι.

« Que la statue du roi Ptolémée toujours vivant, dieu
» Epiphane, très - gracieux, soit érigée dans chaque
» temple, et posée dans *le lieu le plus apparent;* la-
» quelle sera appelée la statue de Ptolémée, vengeur
» de l'Égypte. Près de cette statue sera placé le dieu
» principal du temple, qui lui présentera l'arme de la
» victoire, et tout sera disposé de la manière *la plus*
» *convenable;* »

La ligne trente-huit se termine par ce mot tronqué, επιψα.....
Je l'achève en y ajoutant ces syllabes, νεςατω, et j'y joins le
mot τοπω; ce qui, avec la préposition εν et l'article τω qui pré-
cèdent, signifie *dans le lieu le plus apparent,* εν τω επιφανεςατω
τοπω. Ce supplément remplit le nombre de lettres qui manque
à la fin de cette ligne trente-huit, et de plus il est autorisé par
des exemples pris de diverses autres inscriptions grecques dans
lesquelles il s'agit aussi de statues érigées en l'honneur de quelque
divinité ou de quelque personnage illustre. Ces inscriptions
contiennent en propres termes cette même formule : εν τω επιφανεςατω τοπω.

Ἡ προσονομασθησεται Πτολεμαιη τη επαμυναντος τη Αιγυπτω. *Laquelle*
sera appelée la statue de Ptolémée, vengeur de l'Égypte.

On a vu dans le récit des belles actions de Ptolémée Epiphane,
servant de préliminaire au décret, que ce prince avoit rendu
la paix à l'Égypte, en réprimant l'audace des rebelles qui en
avoient troublé la tranquillité, et que c'étoit principalement à ce
titre de *vengeur de l'Égypte* qu'il avoit mérité les honneurs
qu'on lui décernoit.

Ceux de nos lecteurs qui auroient besoin de plus grands
éclaircissemens sur la vie de Ptolémée Epiphane, et qui seroient
curieux de comparer par eux-mêmes ce que les historiens nous
racontent de ses actions, avec ce que nous en apprend le

monument de Rosette, ne pourront mieux faire que de consulter l'*Histoire des Ptolémées par les médailles*, de J. Vaillant. Toutefois ils n'y verront guère que le récit de quelques exploits militaires, de quelques victoires remportées sur les ennemis du dehors, que quelques détails sur la révolution qui arracha le jeune monarque des mains d'un tuteur ambitieux. Ce sont les seuls faits qui puissent avoir du rapport avec notre inscription. L'histoire ne dit rien de particulier sur ces actes de bienfaisance et de clémence attribués à Ptolémée Epiphane, et si vantés dans cette inscription; rien sur ces temples bâtis ou restaurés à si grands frais par ses soins; rien sur ces bienfaits prodigués aux ministres de la religion; rien enfin sur ces remises ou diminutions d'impôts accordées au soulagement des peuples, à moins qu'on ne veuille faire honneur à ce prince d'une action qui paroît n'appartenir qu'au perfide Agathocle son tuteur. Polybe rapporte que ce ministre, pour calmer la multitude qu'il avoit révoltée par ses excès, diminua les impôts.

Pour achever la ligne trente-neuf, qui paroît avoir perdu environ quinze ou seize lettres, on peut y faire cette addition, να κατα τον νομιμον; ce qui donne ce même nombre de lettres. On ne peut disconvenir que νομιμον ne s'allie très-bien avec τροπον, et que réuni au reste il ne fasse un sens raisonnable : α δ' εςαι κατεσκευασμενα κατα τον νομιμον τροπον, *et ces choses seront disposées comme il convient*.

Que faut-il entendre ici par ces mots, οπλον νικητικον? Etoit-ce une arme proprement dite, une épée par exemple, ou l'étendard de la victoire, *insigne victoriæ*, ou ses attributs? C'est ce que je laisse à décider au lecteur.

Art. XXXII. Και τους ιερεις θεραπευειν τας εικονας τρις της ημερας, και
Lig. 40. παρατιθεναι αυταις ιερον κοσμον, και τ' αλλα τα νομιζομενα
συντελειν, καθα και τοις αλλοις Θεοις εν (ταις μεγαλαις πα)
Lig. 41. νηγυρεσιν.

« Que les prêtres fassent trois fois par jour le ser-
» vice religieux auprès de ces statues, et qu'ils les parent
» des ornemens sacrés, et qu'ils aient soin de leur
» rendre dans les *grandes solennités* tous les honneurs
» qui doivent, suivant l'usage, être rendus aux autres
» dieux; »

Ce passage nous fait connoître un point particulier du cérémonial religieux observé alors dans les temples en Égypte. On
y voit que les prêtres étoient assujétis à faire trois fois le jour
leur service auprès des statues des dieux, sans doute le matin,
au milieu du jour et vers le soir.

Il n'est pas besoin de longs commentaires pour prouver qu'on
ne peut mieux remplir le vide qui se trouve à la fin de la
quarantième ligne, qu'en y ajoutant ces deux mots, ταις μεγαλαις,
suivis de la syllabe πα. Cette syllabe est indubitablement celle
qui manque à νηγυρεσιν pour compléter πανηγυρεσιν.

Je sens qu'on peut élever ici une difficulté, et me dire :
« *Vous finissez la quarantième ligne avec quatorze lettres*
» (ταις μεγαλαις πα), *et l'addition que vous avez faite à la ligne*
» *précédente en contient seize* (να καλα τον νομιμον). *Cependant*
» *vous avez observé que les lacunes augmentent à la fin*
» *de chaque ligne à mesure que ces lignes descendent. Par*
» *conséquent le supplément de la quarantième ligne devroit*
» *comporter plus de lettres que celui de la ligne précédente.* »

Je réponds qu'en général cette mesure proportionnelle à
laquelle nous avons eu recours pour évaluer la quantité de
lettres ou caractères qu'il est nécessaire d'ajouter à chacune
des lignes mutilées, pour les compléter, ne peut être regardée
comme une mesure d'une exactitude rigoureuse, et cela pour
plusieurs raisons. D'abord, c'est que l'artiste qui a gravé l'inscription sur la pierre, ne paroît pas s'être piqué de mettre de

11

la régularité dans ses caractères. Tantôt il les fait plus gros ou plus grands, et tantôt plus petits ou plus minces. On peut s'en assurer en jetant les yeux sur l'original. Ici les lettres sont plus serrées, là elles sont plus espacées. D'ailleurs on sait qu'il y a dans l'alphabet grec des lettres qui, par leur forme, ont beaucoup plus d'amplitude que d'autres ; d'où il arrive que souvent un mot composé d'un moindre nombre de lettres, mais de lettres qui sont d'un module plus fort, occupe beaucoup plus d'espace qu'un autre dont les caractères sont plus rétrécis dans leur contour. Par exemple, un Ω remplit plus d'espace qu'un I, un M qu'un N, etc. Il faut considérer encore que l'artiste paroît s'être fait une loi, comme on a lieu de le remarquer dans cette partie de l'inscription dont les lignes sont restées entières, de ne jamais couper une syllabe à la fin des lignes. C'est pourquoi nous voyons quelquefois une ligne se prolonger un peu au-delà de la limite ordinaire, et la suivante rester en-deçà. De ces diverses circonstances combinées il résulte qu'il ne faut pas toujours s'en tenir à quelques lettres de plus ou de moins lorsqu'il s'agit de compléter les lignes mutilées de l'inscription de Rosette.

ART. XXXIII. Ἱδρυσαϑαι δε βασιλει Πτολεμαιω, Θεω Επιφανει, ευχαρισω,
Lig. 41. τω εγ βασιλεως Πτολεμαιϩ ϗαϳ βασιλισσης Αρσινοης, Θεων Φιλο-
Lig. 42. παϳορων, ξοανον τε ϗαϳ ναον χρ ·················· ἱερων, ϗαϳ
καϑιδρυσαι εν τοις αδυτοις, μετα των αλλων ναων, ϗαϳ εν ταις
μεγαλαις πανηγυρεσιν εν αις εξοδειαι των ναων γινονϳαι ϗαϳ τον
Lig. 43. τϩ Θεϩ Επιφανϩς, ευ ················ ξοδευειν·

« Et qu'il soit consacré au roi Ptolémée, dieu Epi-
» phane, très-gracieux, à ce fils du roi Ptolémée et de
» la reine Arsinoé, dieux Philopatores, une statue et
» une chapelle dorés *dans le plus saint des* temples, et

» que cette chapelle soit placée dans les sanctuaires avec
» toutes les autres, et que dans les grandes solennités
» où l'on a coutume de faire sortir des sanctuaires les
» chapelles, on fasse sortir aussi celle du dieu Epi-
» phane, très-gracieux............

Ιδρυσασθαι δε βασιλει Πτολεμαιω Θεω Επιφανει..... ξοανον τε & ναον.
*Qu'il soit consacré au roi Ptolémée, dieu Epiphane, une statue
et une chapelle.*

Cette nouvelle disposition du décret porte qu'il sera érigé en
l'honneur de Ptolémée Epiphane une statue et une chapelle
pour la recevoir, que cette chapelle et la statue seront placées
dans le sanctuaire d'un temple particulier, et non pas dans
chacun des temples indistinctement (1), puisqu'à cette chapelle
devoient être réunis les ornemens de la royauté qui avoient
servi, comme il y a lieu de le croire, au couronnement du
prince. Mais quel étoit ce temple privilégié? c'est ce qu'indi-
quoient sans doute les mots qui manquent à la fin de la 41ᵉ
ligne, et qui précédoient le mot ιερων, le premier de la 42ᵉ.
Ce temple pourroit être, selon moi, celui de Vulcain. D'après
cette opinion qui me paroît vraisemblable, voici de quelle
manière je remplis cette lacune qui se trouve à la fin de la
41ᵉ ligne : d'abord j'achève χρ... en écrivant χρυσα ou χρυσ8ν,
si ce mot ne doit se rapporter qu'à ναον, puis je le fais suivre
de ceux-ci : εν τω τιμιωταɹω ou αγιωταɹω των, qui, réunis au mot
ιερων, commençant la ligne suivante, signifieroient *dans le plus
auguste*, ou *dans le plus révéré*, ou *dans le plus saint des
temples.* Ce qui conviendroit parfaitement au temple de Vulcain

---

(1) C'est-à-dire qu'il n'en devoit pas être de cette seconde statue comme
de celle dont il est question plus haut, et à laquelle le décret avoit décerné
une place dans tous les temples. *Voy.* p. 77.

qu'on venoit admirer à Memphis. Ce temple, en effet, étoit magnifique, et le plus révéré qu'il y eût en Égypte. Il étoit même unique. Vulcain, la première divinité des Égyptiens, n'en avoit pas d'autre dans tout le pays, comme l'a remarqué le savant Jablonski (1). Or à quel temple, autre que celui-là, auroit-on pu attribuer de préférence la prérogative de posséder cette chapelle et cette statue du nouveau dieu, et le droit d'être dépositaire des ornemens royaux qui avoient servi à son inauguration? D'ailleurs c'étoit dans ce même temple que venoit de se faire cette grande cérémonie, et que les prêtres, auteurs du décret, se trouvoient encore assemblés.

Personne ne sera tenté, je crois, d'incidenter sur ces mots εν τοις αδυτοις, et d'en conclure, parce qu'ils sont au plurier, qu'il s'agit ici de plusieurs temples. Τα αδυτα signifie les lieux les plus secrets, les plus retirés d'un temple, et peut se dire également, en parlant d'un seul temple, comme de plusieurs. Ces mots n'imposent donc, dans aucun cas, la nécessité de reconnoître plusieurs temples, et encore moins dans la circonstance présente où cette idée de plusieurs temples dans lesquels seroit déposée la chapelle de Ptolémée Épiphane, est repoussée par une impossibilité physique. Les dix couronnes ou diadèmes de ce prince qui devoient accompagner cette chapelle ne pouvoient sans doute exister dans plusieurs lieux en même temps.

J'avois desiré de pouvoir supposer que dans ce petit membre de phrase qui manque à la fin de la ligne 41e, étoit compris le mot βασιλειον; parce que c'eût été un moyen pour résoudre la difficulté qui résulte de ces autres mots κατα το προειρημινον βασιλειον qu'on rencontre un peu plus bas. Mais ici l'espace ne comportant qu'une addition de la plus grande briéveté, dans laquelle les liaisons nécessaires pour unir le mot βασιλειον

----

(1) *Pantheon Ægypt.* part. III, p. 52.

au mot *ιερων*, ne sauroient trouver place ; j'ai pris le parti de m'en tenir à celle que je viens de proposer. Cette addition a l'avantage de fournir la quantité juste de lettres qu'exige le complément de la 41ᵉ ligne. Nous ne tarderons pas à revenir sur cet objet dans un autre article où nous aurons lieu de nous livrer à de plus grands développemens.

Ξοανον. Les Grecs mettoient une différence entre ξοανον et εικων. Le mot εικων a dans leur langue une signification plus étendue. Il se prend en général pour toute figure qui donne la ressemblance d'une personne ou d'un objet, de quelque manière qu'elle ait été faite, soit qu'on y ait employé le pinceau, le crayon ou le ciseau ; au lieu que ξοανον ne se dit que d'une statue sculptée, soit en pierre, soit en bois. Servius, dans son *Commentaire sur Virgile*, dit que les ξοανα étoient de petites statues qu'on portoit sur des lits.

Ναος. Ce mot se traduit communément par *temple*, lorsqu'on n'a pas besoin de mettre dans le discours une précision rigoureuse. Mais ici on voit qu'il est bien distingué de *ιερον*, et que les circonstances veulent qu'on le ramène à sa signification naturelle. Le ναος est proprement le lieu que la divinité du temple habite. Au rapport de Clinias, cité par le Scholiaste d'Apollonius, les étymologistes font dériver ce nom de ναειν, *habitare*, δια το ενναιειν εν αυτῳ (ναῳ) τες Θεες. Les ναοι étoient donc des espèces de tabernacles, de châsses ou de petites chapelles portatives, dans lesquelles on plaçoit les statues des dieux.

Και καθιδρυται εν τοις αδυτοις, μετα των αλλων ναων, και εν ταις πανηγυρεσιν εν αις εξοδειαι των ναων γινον]αι και τον τε Θεε Επιφανες, ευ .... ξοδυειν. *Et cette chapelle sera placée dans les sanctuaires avec les autres ; et dans les grandes solennités où l'on a coutume de faire sortir les chapelles, on fera sortir aussi celle du dieu Epiphane, très-gracieux.*

Ce passage nous rappelle qu'il y avoit des fêtes particulières pendant lesquelles on tiroit des sanctuaires toutes ces chapelles ou châsses, soit pour les exposer à la vénération des dévots, soit pour les promener avec pompe dans les rues et dans les places publiques. Ces pompes ou processions religieuses, dont nous avons un modèle dans la *Table Isiaque*, et une description dans Apulée, étoient fort en usage chez les Égyptiens.

Il n'est pas difficile de suppléer, sinon pour les expressions, au moins pour le sens, à ce qui manque à la quarante-deuxième ligne. On ne peut douter que la syllabe ευ qui suit επιφανες ne soit le commencement d'ευχαριςου. Il est probable que le mot ναον, auquel se rapporte τον, se trouvoit au nombre des mots qui ont été détruits par le temps, et qu'il faut ajouter ε à ξοδευειν pour le compléter, et lire εξοδευειν, ou peut-être συνεξοδευειν. Mais ces additions ne forment que la quantité de seize lettres, qui pourroient bien ne pas suffire pour remplir l'espace vide.

Art. XXXIV.   Όπως δ' ευσημος η νυν τε & εις τον επειτα χρονον, επικεισθαι
Lig. 43.   τω ναω τας τυ βασιλεως χρυσας βασιλειας δεκα αις προσκεισεται
Lig. 44.   ασπις.................... των ασπιδοειδων βασιλειων των επι
των αλλων ναων· εςαι δ' αυτων εν τω μεσω η καλουμενη βασι-
Lig. 45.   λεια ΨΧΕΝΤ ην περιθεμενος εισηλθεν εις το εν Μεμφ..........
,.......... τελεσθη τα νομιζομενα τη παραληψει της βασιλειας·
επιθειναι δε και επι τυ περι τας βασιλειας τετραγωνυ, κατα το
Lig. 46.   προειρημενον βασιλειον, φυλακτηρια χρ.................... τι
εςιν του βασιλεως, τυ επιφανη ποιησαντος την τε ανω χωραν & την
κατω·

« Et, pour que cette chapelle puisse mieux se distin-
» guer des autres, maintenant et dans la suite des temps,
» qu'on pose au-dessus les dix couronnes d'or du roi, les-
» quelles porteront sur leur partie antérieure un aspic,
» à *l'imitation* de ces couronnes à figure d'aspic qui
» sont sur les autres chapelles, et au milieu de ces cou-

» ronnes sera placé cet ornement royal appelé PSCHENT
» (ΨΧΕΝΤ), celui qu'il portoit lorsqu'il entra à Memphis
» dans le *temple*......................, afin d'y observer les
» cérémonies légales prescrites pour la Prise-de-posses-
» sion de la couronne ; et qu'on attache au tétragone envi-
» ronnant les dix couronnes, et apposé à la chapelle dont
» on vient de parler, des phylactères d'or, *avec cette*
» *inscription* : C'est ici la chapelle du roi, de ce roi qui
» a rendu illustres la région d'en haut et la région d'en
» bas ; »

Οπως δ' ευσημος η, etc. On voit, comme nous l'avons dit d'avance,
que les dix couronnes d'or du roi, et son ornement de tête nommé *Pschent*, devoient être posés sur la chapelle dédiée en son
honneur.

Quant à ce nombre de dix couronnes ou diadèmes dont il
est fait ici mention, on ne voit pas trop quelle induction on
pourroit en tirer. Ce nombre cache-t il quelque mystère ? Ces
dix couronnes ou diadèmes étoient peut-être le symbole de
dix nomes ou royaumes qui avoient formé jadis une des premières divisions de l'Égypte. Strabon dit que la Thébaïde fut
partagée en dix nomes ou districts (1). Ce nombre de dix couronnes pouvoit être relatif à cette ancienne distribution de la
haute Égypte, qui fut la première région sur laquelle régnèrent
les rois d'Égypte.

Αις προσκεισεται ασπις. *Lesquelles porteront sur leur partie*
antérieure un aspic.

J'observe qu'en effet la couronne ou le diadème des rois de
l'ancienne Égypte étoit orné de figures d'aspics. C'est ce que

_____

(1) Strab., lib. XVII, p. 787. Lutet. Paris, 1620, fol.

nous apprend Ælien dans son *Traité des animaux*. *Je suis informé*, dit-il, *que les rois d'Égypte portoient sur leur diadème des figures d'aspics tachetés* : τᵦς βασιλεις ακουω των Αιγυπτιων επι των διαδηματων φορειν πεποικιλμενας ασπιδας. D'autres auteurs nous certifient aussi le même fait. Ces aspics qui ornoient les diadèmes des rois d'Égypte étoient l'emblème de la justice vengeresse. C'est pourquoi Isis figuroit dans l'ancienne mythologie égyptienne avec l'aspic sur la tête, quand on vouloit la représenter en déesse qui punit le crime (1).

Il y a toute apparence qu'on avoit adopté pour le couronnement des rois Macédoniens les mêmes formalités qui s'étoient observées jadis à l'inauguration des anciens rois d'Égypte. Cet usage d'observer les rits antiques pour revêtir de nouveaux monarques des attributs de la souveraineté, se retrouve chez toutes les nations. Il est même de la politique des conquérans de ne rien changer au cérémonial pratiqué de tous les temps pour la prise de possession de leur nouveau trône, et de ne rien innover dans un acte public duquel leur autorité paroît, aux yeux de la multitude, tenir toute sa force et son complément. C'est pourquoi les Ptolémées alloient toujours, suivant l'antique coutume, se faire couronner à Memphis, et non pas à Alexandrie, qui cependant, depuis la conquête d'Alexandre, étoit devenue la capitale de l'Égypte et le séjour

---

(1) Ce serpent paroît souvent sur la *Table Isiaque*. Il étoit particulier à l'Égypte, et il est différent de celui de même nom qui se trouve en Europe. Le citoyen Lacépède, sénateur et membre de l'Institut national, en fait la distinction dans son intéressant ouvrage *sur les serpens*. « L'aspic d'Égypte est, » dit-il, du genre des vipères ; son dos est d'un blanc livide et présente des » taches rousses. Les grandes plaques qui revêtent le dessus de son corps » sont au nombre de cent dix-huit, et le dessous de la queue est garni de » vingt-deux paires de petites plaques ». Ælien l'a donc bien désigné en disant que ces serpens étoient tachetés, πεποικιλμενας ασπιδας.

de la Cour. Diodore de Sicile rapporte que Ptolémée Philométor, fils de Ptolémée Epiphane, fut intronisé à Memphis, dans le palais des rois, suivant les usages et les rits égyptiens : ὅτι Πτολεμαιω κατα την Μεμφιν ενθρονιζομενω τοις βασιλειοις κατα τως Αιγυπτιων νομως. Il ne seroit pas étonnant que les Ptolémées, à l'exemple des anciens monarques, se fussent soumis aussi à tout le cérémonial dont parle le Scholiaste de Germanicus. Suétone raconte que Tite, fils de Vespasien, ayant assisté à la consécration du bœuf Apis, parut avec le diadème sacré, *suivant la forme et les rits de l'ancienne religion*. Ce qui donna lieu de le soupçonner d'avoir eu le dessein de se faire déclarer souverain de l'Égypte. Nouvelle preuve qu'en Égypte les ornemens de la royauté avoient toujours conservé les formes de l'antique costume.

A la quarante-troisième ligne il manque, après le mot ασπις, à peu près 22 ou 23 lettres, composant une portion de phrase qui faisoit la liaison entre le mot ασπις et ces autres mots du commencement de la ligne suivante, των ασπιδοειδων των ιπι των αλλων ναων.

Quel peut être le sens de cette liaison? C'est ce qu'il est difficile de déterminer au juste; toutefois il y a grande apparence que les mots qui manquent ici établissoient un rapport de ressemblance ou de différence entre les diadèmes qui devoient être placés sur le petit temple ou la chapelle particulière de Ptolémée Epiphane, et ceux qui se voyoient aussi sur les temples ou chapelles de ses prédécesseurs, lesquels portoient pareillement des figures de serpens, ασπιδοειδων ; d'où l'on pourroit inférer que cette disposition du décret relativement aux couronnes d'or à figure d'aspic, n'étoit point une nouveauté en faveur de Ptolémée Epiphane, et qu'elle avoit déja eu lieu pour quelques - uns des princes qui l'avoient précédé sur le trône, ou peut-être pour tous.

Εισηλθεν εις το εν Μεμφ.... *Il entra à Memphis dans le*..... On voit par ce fragment que Ptolémée Epiphane entra à Memphis dans un lieu particulier. Mais quel étoit ce lieu ? C'est ce que nous auroit appris la suite de ce même texte qui est perdue; car il existe en cet endroit une lacune d'environ vingt - six lettres. Malgré cette lacune nous y voyons très-clairement que Ptolémée Epiphane s'étoit rendu à Memphis pour s'y faire couronner. C'est un fait dont on ne peut guère douter, d'après le sens que présente la ligne suivante. Elle commence par ces mots, τελεσθη τα νομιζομενα τη παραληψει της βασιλειας. Le mot τελεσθη est à la troisième personne du singulier du subjonctif du premier aoriste passif du verbe τελεω, *perficio*. On ne voit rien qui gouverne ce mot ; mais il y a toute apparence qu'il étoit régi par la conjonction ὁπως qui se trouvoit probablement à la ligne précédente. En lisant donc ὁπως τελεσθη, ou συντελεσθη τα νομιζομενα, etc. on aura cette phrase : *Afin d'y observer les cérémonies prescrites pour la Prise-de-possession du diadème,* ou de la *couronne,* ou de la *royauté.*

Εϛαι δ' αυτων εν τω μεσω ἡ καλκμενη βασιλεια ΨΧΕΝΤ ἡν περιθεμενος εισηλθεν εις το εν Μεμφ..... *Au milieu de ces couronnes sera placé cet ornement royal appelé* PSCHENT (ΨΧΕΝΤ), *celui qu'il portoit lorsqu'il entra à Memphis dans le* temple.

ΨΧΕΝΤ est un mot de l'ancienne langue égyptienne dont je dois abandonner l'explication à ceux de nos savans qui se sont livrés à l'étude des langues orientales. Ce mot est une nouvelle preuve de ce que j'ai déja avancé, savoir, qu'on avoit conservé pour l'inauguration des nouveaux monarques, sinon toutes, au moins le plus grand nombre des cérémonies qui s'observoient au sacre des anciens rois.

Tout ce qu'on peut assurer, sans crainte de se tromper, c'est que ce mot ne peut désigner ici, ou qu'une couronne, ou qu'un diadème d'une forme particulière, ou qu'un vête-ment. J'avoue que je m'étois décidé d'abord pour cette dernière opinion, 1°. parce que le texte nous présente l'idée plutôt d'un vêtement dont le monarque étoit enveloppé, ἡν περιθεμενος, que d'une couronne ou diadème qu'il eût eu sur la tête ; 2°. à cause (et cette raison n'étoit pas la moins plausible) que, dans la description que le commentateur de Germanicus sur Aratus nous a donnée du cérémonial observé à l'inauguration des anciens rois de l'Égypte, il est parlé d'une tunique dont le nouveau roi étoit couvert. J'ai même cru reconnoître sur plusieurs médailles des Ptolémées rois d'Égypte le collet de cette tunique autour du col de ces princes (1).

Nonobstant ces observations, j'ai jugé convenable d'abandonner l'opinion qui m'avoit fait regarder comme un vêtement l'objet désigné par le mot ⲮⲬⲈⲚⲦ. Si ce mot étoit accompagné de l'adjectif βασιλικα, au lieu du substantif βασιλεια, alors on pourroit en effet le prendre pour un vêtement royal ; mais βασιλεια veut impérieusement, ce semble, qu'on attache au mot cophte ou égyptien ⲮⲬⲈⲚⲦ l'idée d'un ornement de tête, d'un diadème ou d'une couronne. Le mot βασιλεια ne peut être pris ici dans un sens différent de celui de ces dix βασιλειαι ou *basilées* dont il est précédé, et qui signifie évidemment des *couronnes* ou des *diadèmes*.

Επιθειναι δε και επι τα περι τας βασιλειας τετραγωνα, κατα το προειρημενον βασιλειον, φυλακτηρια χρ.... *Qu'on attache au tétragone environnant les couronnes, et apposé à la chapelle dont on vient de parler, des phylactères d'or*, etc.

Ce passage paroît, au premier coup d'œil, assez embarrassant, à cause de quelques termes peu ordinaires qui en font partie. Mais, en y réfléchissant un peu, il se présente une explication extrêmement simple, et qui n'a pas besoin d'un long commentaire pour être saisie. D'abord que faut-il entendre par le mot τετραγωνον ? Ce mot pris substantivement est susceptible de beaucoup d'interprétations diverses. En général, il est applicable à tout ce qui a une forme carrée. En conséquence on peut

----

(1) Vaillant, *historia Ptolemæorum.*

lui faire signifier ici, s'il est nécessaire, une boîte, ou un coffre carré, *arca*, ou un cadre, *quadrum ;* d'après l'idée que je m'en suis faite, il faudroit se représenter ce *tétragone* comme une caisse ou boîte carrée, sans fond, posée sur le plan supérieur de la chapelle de Ptolémée Épiphane, couvrant et environnant ces dix couronnes, περι τας βασιλειας, placées sur ce même plan. Ce *tétragone* seroit supposé faire à peu près le même office que ces cages de verre qu'on met sur les pendules ou autres objets précieux qu'on veut garantir de la poussière, et de l'attouchement de curieux indiscrets.

Ne pourroit-on pas, et j'avoue que cette opinion me plairoit assez, ne pourroit-on pas aussi se figurer le *tétragone* dont il s'agit, comme un rebord ou corniche carrée plus ou moins élevée au-dessus du plan supérieur de la chapelle, et régnant tout autour ? L'une et l'autre de ces deux dispositions mécaniques remplissent également les conditions de cette partie du décret, et tous les termes du texte s'y expliquent d'eux-mêmes, et, pour ainsi dire, à la lettre. Dans l'un et l'autre cas, les dix couronnes ou diadèmes sont posés sur la chapelle, comme paroissent l'exiger ces mots : επικεισθαι τῳ ναῳ τας βασιλειας. De plus, le *tétragone*, soit qu'on se le représente comme une boîte carrée, soit qu'on le prenne pour une corniche, environne véritablement les couronnes ou diadèmes, ainsi que le demandent ces autres mots, τε τετραγωνε περι τας βασιλειας.

Peut-être seroit-on tenté de regarder ce *tétragone* comme une balustrade qui auroit entouré la petite chapelle du roi Épiphane pour empêcher les importuns d'en approcher de trop près. Mais il nous semble que le texte, loin de favoriser cette idée, doit la faire abandonner ; car il porte formellement que le tétragone entouroit les couronnes τε περι τας βασιλειας τετραγωνε, sans dire qu'il entourât aussi la chapelle.

On conçoit aisément que ce *tétragone*, tel que je me le suis figuré, étoit très-propre à recevoir au bas ou dans son pour-

tour tóute espèce d'inscription qu'on auroit voulu y attacher:
επιθειναι επι τ8...... τετραγωνε φυλακτηρια.

Ces φυλακτηρια, dont la signification est déterminée et par
l'épithète χρυσια ου χρυσα, et par leur·objet ou leur usage, ne
peuvent s'entendre que de bandes ou d'écriteaux sur lesquels
devoit être tracée en lettres d'or cette inscription : επι εστ τ8
βασιλεως τ8 επιφανη ποιησαντος την τε ανω χωραν και την κατω. Il faut
donc prendre ici le mot φυλακτηρια dans un sens analogue à
celui que lui donnoient les Juifs, pour qui il étoit d'un usage
familier. Ils s'en servoient pour désigner ces bandelettes de
parchemin sur lesquelles étoient écrits certains passages de la
loi, que les dévots, et les Pharisiens sur-tout, s'attachoient sur
le front. Ces écriteaux se nommoient *phylactères*, parce qu'ils
rappeloient ou conservoient la mémoire des préceptes divins.
Le mot φυλακτηρια dérive, comme on sait, de φυλασσειν, *garder,*
conserver. Les φυλακτηρια de l'inscription de Rosette, je le répète,
doivent donc se prendre, vu les circonstances où ils se trouvent
placés ici, dans une signification à peu près semblable, puisque
leur destination étoit de *conserver* à la génération présente et à la
postérité le souvenir d'un fait que les prêtres de l'Égypte vouloient immortaliser. Qu'on ne dise pas qu'il n'est nullement probable que les auteurs de l'inscription de Rosette eussent daigné
adopter un mot tiré de la liturgie des Juifs. Ce mot appartient
primitivement à la langue grecque, et c'est des Grecs que les Juifs
l'ont emprunté eux-mêmes pour rendre l'idée qu'ils attachoient
à leur *taphilim.*

Reste encore à résoudre une difficulté que présente ce petit
membre de phrase, κατα το προειρημενον βασιλειον, compris dans
le passage que nous expliquons. Ce texte suppose qu'il a été
fait mention plus haut de βασιλειον. Or ce mot jusqu'à présent n'a
point paru dans l'inscription. Il est vrai qu'on peut dire que
si, d'après ce qui a été observé, il semble assez difficile de
trouver le mot βασιλειον dans ce qui manque à la ligne 41, il

y auroit encore la ressource de supposer qu'il existoit dans
cette portion du texte que la ligne 44 a perdue, et qu'en
conséquence il seroit possible de la compléter, au moins en
partie, en lisant ainsi : εισηλθεν εις το εν Μεμφ(ει βασιλειον); mais
il faut remarquer que la petite chapelle de Ptolémée Épiphane
devoit être déposée dans le sanctuaire d'un temple, εν τοις αδυτοις,
et non pas dans un palais, βασιλειον. On pourroit peut-être
insister et repliquer qu'il ne seroit pas hors de vraisemblance
que le temple de Vulcain eût été désigné ici sous le nom de
βασιλειον, avec d'autant plus d'apparence, qu'au commencement
de l'inscription ce dieu paroît être qualifié de *grand roi*, et
qu'en suivant cette idée, il seroit assez naturel de remplir la
lacune de la 44ᵉ ligne par cette leçon, εισηλθεν εις το εν Μεμφ(ει
βασιλειον τυ Θευ Ηφαιςυ), *il entra dans la basilique du dieu
Vulcain.* On pourroit même donner un nouveau poids à cette
restitution, en faisant observer qu'elle contient la quantité
précise de lettres qu'il faut pour achever la ligne. J'avoue
que cette conjecture a quelque chose de spécieux ; mais comme
elle n'est point évidente par elle-même, ni absolument certaine, on me permettra de ne pas l'adopter, et de répondre
à ce que je viens de m'objecter à moi-même.

Une observation assez simple, et à laquelle je prie de faire
attention, m'empêche de rapporter le βασιλειον au temple, ou,
si l'on veut, au palais dans lequel devoit être placée la chapelle de Ptolémée Épiphane. Il est clair qu'on avoit désigné
plus haut, d'une manière ou d'autre, ligne 42, quel seroit le
lieu destiné à recevoir la statue et la chapelle de ce prince.
Par conséquent, si on eût voulu répéter ici ce qui avoit déja
été dit, cette répétition devroit embrasser la totalité des objets
dont il avoit été question, c'est-à-dire la petite chapelle et tous
ses accompagnemens. Or on ne peut, je crois, s'empêcher de
convenir que le κα]α το προειρημενον βασιλειον, à raison de la place
qu'il occupe dans ce passage, ne tombe que sur le *tetragone* et

sur les ornemens royaux indiqués dans la phrase dont il fait
partie. Ces mots ne désignent pas l'emplacement général de la
petite chapelle de Ptolémée Épiphane et de tout ce qui l'accom-
pagnoit, mais seulement celui du *tétragone*, des *couronnes* et
du *pschent*. C'est ce qui se sent mieux qu'on ne peut l'exprimer
en lisant le texte : επιθειναι τυ περι τας βασιλειας τετραγωνυ, καλα το
προειρημενον βασιλειον, φιλακληρια, etc. Maintenant je dis que si ce
mot βασιλειον ne s'est pas encore fait voir dans le texte de l'inscription, quant à l'expression, il s'y trouve quant à la chose.
Mais quelle est cette chose qui, après avoir été désignée plus
spécialement dans le cours de l'inscription, auroit été ensuite
indiquée par le mot βασιλειον, qui paroît convenir en général
aux divers attributs de la royauté, et qui par conséquent est
susceptible de plusieurs significations ? Je suis très-disposé à
croire que le βασιλειον προειρημενον est ce même petit temple,
cette chapelle sur laquelle devoit être posé le tétragone, κατα
το βασιλειον (*œdicula regia*), ainsi nommée parce qu'elle étoit
destinée à servir d'asile ou de demeure à la statue d'un roi.
Βασιλειον, comme on sait, signifie proprement l'*habitation du
roi* ; c'est pourquoi je traduis ainsi : *Il sera attaché au tétragone posé sur la petite chapelle du roi, dont on vient de
parler*, κατα το προειρημενον βασιλειον, *des phylactères*.

· Je préfère cette conjecture à deux autres qu'on pourroit
encore proposer. La première consisteroit à dire qu'il seroit
possible de rapporter βασιλειον à l'ασπις, ce caractère distinctif
qui devoit accompagner les dix couronnes royales, et que c'étoit
cette circonstance ou cette condition prescrite par le décret,
qui étoit rappelée par cette périphrase, κατα το προειρημενον
βασιλειον. En effet, nous voyons dans quelques auteurs l'ornement de tête de la déesse Isis désigné sous le nom de βασιλειον.
Dans le second livre *des Rois* le mot βασιλειον est employé
pour signifier la *couronne* ou le *diadème*. Και ελαβον το βασιλειον

το ιπι τυν κιφαλην αυτυ (1). Ce même mot se trouve avoir la même signification dans le second livre des *Paralipomènes*, ιδωκιν ιπ' αυτον το βασιλιιον (2).

L'autre conjecture, à laquelle je suis demeuré attaché pendant quelque temps, seroit d'entendre par le mot βασιλιιον cet ornement royal indiqué sous la dénomination de ΨΧΕΝΤ, qu'il falloit, aux termes du décret, placer au milieu des dix couronnes du roi, et auprès ou autour duquel ces mêmes couronnes auroient été rangées, κατα το προειρημινον βασιλιιον. Si, d'après ce qui vient d'être observé, βασιλιιον et βασιλιια sont synonymes, s'ils peuvent également signifier le *diadème* ou la *couronne*, rien n'empêcheroit que le βασιλιιον de cette petite phrase, κατα το προειρημινον βασιλιιον, se rapportât à cet ornement royal appelé plus haut βασιλιια. Mais en admettant l'une ou l'autre de ces deux dernières conjectures, la construction de la phrase éprouveroit une sorte d'embarras et de gêne provenant de ce que cette incise, κατα το προειρημινον βασιλιιον, se trouve séparée de τας βασιλιιας par ce mot intermédiaire τιlραγωνυ, inconvénient qui ne se rencontre pas dans la conjecture que j'ai cru devoir adopter, où κατα το προειρημινον βασιλιιον suit immédiatement le mot τιlραγωνυ.

Pour revenir à cette lacune qui se trouve à la fin de la 44e ligne, je ne serois pas éloigné d'ajouter, pour la remplir, à ces mots, ιισηλθιν ιις το ιν Μιμφ... ce qui suit, (ιι ιιρον τυ θιυ Ηφαιςυ). Cette restitution ne contrarie point mes idées sur la manière dont j'ai cru devoir interpréter cette petite phrase, καlα το προειρημινον βασιλιιον. Je me crois d'autant plus autorisé à préférer ici le mot ιιρον, *templum*, à tout autre, que je le trouve employé à la ligne huit, dans une phrase à peu près semblable. On y lit

---

(1) Lib. II *Regum*, cap. 1, vers. 10.
(2) *Paralipom*. lib. II, cap. 23, vers. 11.

que les prêtres étoient assemblés *dans le temple à Memphis*, συναχθεντες εν τῳ εν Μεμφει ἱερῳ. Dans le passage qui nous occupe, il est dit, en parlant du roi Épiphane, εισηλθεν εις το εν Μεμφ... Si l'on rapproche cette dernière phrase de celle qui précède, on ne peut guère se dispenser d'y faire entrer le mot ἱερον, et de lire εις το εν Μεμ(φει ἱερον), sauf à y ajouter ce qu'on jugera de plus convenable pour compléter la ligne.

Και, επει την τριακαδα τουτυ μεσορη εν ἡ τα γενεθλια τυ Art. XXXV.
βασιλεως αγεῖαι, ὁμοιως δε και.......................... εν ἡ πα- Lig. 46, 47.
ρελαβεν την βασιλειαν παρ (1) τυ πατρος, επωνυμους νενομικασιν
εν τοις ἱεροις, αἱ δη πολλων αγαθων αρχηγοι πασιν εισιν, αγειν
τας ἡμερας ταυῖας ἑορτ.......................... γυπτον ἱεροις Lig. 48.
κατα μηνα· και συντελειν εν αυτοις θυσιας και σπονδας και τ'
αλλα τα νομιζομενα καθα και εν ταις αλλαις πανηγυρεσιν· τας
τε γινομενας προθ.......................... ρεχομενοις εν τοις Lig. 49.
ἱεροις.

« Et Que, puisque l'usage s'est déja établi dans les
» temples d'appeler du nom de ce prince le trente de
» ce mois Mesori auquel on fait mémoire de l'anniver-
» saire de sa naissance, ainsi que......................
» .... *celui* où il a reçu la couronne de son
» père, *jours* qui certes sont pour tous une source de
» biens, ces mêmes jours soient célébrés comme des
» jours de fêtes *dans tous les temples de l'Égypte*;
» chacun dans *son* mois, et qu'on fasse dans ces
» temples, des sacrifices, des libations, et toutes les
» autres cérémonies qu'on a coutume de faire aux

_____

(1) Lisez παρα.

» grandes solennités....................................... dans les
» temples; »

Ὁμοίως δὲ καὶ..... Il y a ici une lacune d'environ vingt-huit à vingt-neuf lettres. On reconnoît par les mots qui commencent la ligne suivante qu'il y étoit question d'une autre époque ou d'un autre jour, ἐν ἧ (ἡμέρᾳ), auquel Ptolémée Epiphane étoit parvenu au trône.

Le trentième jour du mois Mesori (douzième mois du calendrier égyptien), où l'on célébroit l'anniversaire de la naissance de Ptolémée Epiphane, ainsi que le jour de son avénement au trône, étoient déja des jours de remarque dans les temples, et l'usage s'y étoit établi de les désigner par le nom de ce prince, ἐπώνυμαι νενομίκασιν. Les prêtres jugèrent à propos d'ériger, dans toute l'étendue de l'Égypte, ces deux jours en fêtes solennelles ou fêtes *chommées;* qu'on me passe cette expression.

J'ai dit que ces deux jours de fête devoient être célébrés *chacun dans son mois*, κατὰ μῆνα, ou dans le mois où il tomberoit. Je n'ignore pas que κατὰ μῆνα signifie ordinairement *chaque mois, tous les mois;* mais la signification particulière que je lui donne ici me paroît déterminée par les circonstances, par ce qui précède et ce qui suit. Ces mots si précis , *le trente de ce mois Mesori, auquel on fait mémoire de l'anniversaire de sa naissance et celui où il a reçu la couronne*, ces mots, dis-je, décident très-clairement la question. C'est le trente de Mesori où Ptolémée Epiphane est né; c'est le.... du mois.... où il est parvenu au trône : ce sont ces deux jours qui portent déja le nom de ce prince, qui ont été pour la nation une source de bonheur, ce sont ces deux jours si bien spécifiés, qui seuls aussi doivent être érigés en jours de fêtes solennelles, et non pas d'autres. Par conséquent, il n'est guère possible d'interpréter ici κατὰ μῆνα autrement que par ces mots *chacun dans son mois*, dans le mois où il tombera.

Nous trouvons dans les *Monumenta Attalica* recueillis par Edmond Chishull (1) un décret qui nous donne l'intelligence de ces mots, επωνυμης νενομικασιν εν τοις ιεροις. On reconnoît qu'il est fait aussi mention dans ce décret de *jours eponymes*, επωνυμης ημερας, et que ce sont des jours qui doivent porter le nom d'un citoyen nommé Craton, que les Sigéens veulent honorer en reconnoissance des services qu'ils en ont reçus. Δεδοχθαι.... συν(τηρεισθαι δε) επωνυμης ημερας Κρατωνος. Ce qui est rendu ainsi dans la version latine placée à côté du texte : *Diesque* (*observandos*) *cognomine Cratonis*.

Après ce mot tronqué εορτ.... qui finit dans notre inscription la quarante-septième ligne, on rencontre cet autre également tronqué γυπ]ον, qui commence la quarante-huitième, et qui est suivi de ceux-ci, ιεροις κατα μηνα ἑ συν]ελειν, etc. Ces deux mots mutilés laissent entre eux un intervalle d'environ trente lettres. On ne peut révoquer en doute que ce fragment, γυπ]ον, ne fasse ici partie du mot Αιγυπ]ον. Mais qu'est-ce qui régit ce mot à l'accusatif, ainsi qu'ιεροις au datif ou à l'ablatif? Il est indubitable que ce qui les régissoit l'un et l'autre se trouvoit dans cette portion du texte qui manque à la fin de la quarante-septième ligne. Peut-être y lisoit-on ces mots dont le nombre des lettres s'éloigne peu de celui des lettres perdues, εν τοις απασι κατα την απασαν Αι(γυπ]ον).

La quarante-huitième ligne finit par ces mots, τας τε γινομενας προθ..... Après ces mots se trouve une lacune qui est suivie de ces syllabes, ρεχομενοις, lesquelles commencent la ligne suivante. Ces syllabes ne peuvent guère être que les restes de παρεχομενοις ou προσπαρεχομενοις. Cette lacune, qui, vers la fin de la quarante-huitième ligne, sépare le mot tronqué προθ..... de l'autre mot mutilé ρεχομενοις, par lequel commence la quarante-neuvième, laisse ici un vide considérable où l'imagination peut

(2) *Antiquit. Asiat.* p. 142.

se jouer à son aise. C'est pourquoi nous nous bornerons à dire que, selon toute apparence, il faut, pour achever le mot tronqué *προθ*....., lire *προθεσμιας*, qui s'accorde avec *τας γινομενας*. Προθεσμια signifie un *jour marqué*, un jour auquel on doit faire une chose ou remplir un devoir. Avec si peu de matériaux il seroit imprudent sans doute de vouloir construire une phrase. De si minces débris n'offrent aucune *donnée*, aucune lumière pour guider l'esprit dans des ténèbres aussi épaisses. Peut-être s'agissoit-il en cet endroit de quelque disposition particulière pour que ces nouvelles fêtes ne dérangeassent rien dans l'ordre de certaines cérémonies fixées à des *jours marqués, τας γινομενας προθεσμιας.*

Art. XXXVI.
Lig. 49.

Αγειν δε ἑορτην και πανηγυριν τω αιωνοβιω και ηγαπημενω ὑπο τȣ φθα βασιλει Πτολεμαιω, Θεω Επιφανει, ευχαρισω κατ'

Lig. 50.

ενι.. χωραν απο της νȣμηνιας του Θωυθ εφ' ἡμερας πεν]ε εν αις και σεφανηφορησουσι συντελȣντες θυειας (1) και σπονδας και τ' αλλα τα προσηκοντα · προσαγορ....

Lig. 51.

.... και τȣ Θεȣ Επιφανȣς, ευχαρισου, ἱερεις, προς τοις αλλοις ονομασιν των Θεων ὡν ἱερα]ευȣσι·

« Qu'il soit célébré une fête et tenu une grande as-
» semblée en l'honneur du toujours vivant, du bien-
» aimé de Phtha, du roi Ptolémée, dieu Epiphane,
» très-gracieux, tous les ans. *Cette fête aura lieu dans*
» *tout le pays, tant de la haute que de la basse Égypte,*
» *et durera* cinq jours, à commencer de la néoménie du
» mois Thouth, pendant lesquels ceux qui feront les
» sacrifices, les libations et toutes les autres cérémonies

----

(1) Lisez *θυσιας.*

» d'usage, porteront des couronnes; ils seront appe-
» lés .... prêtres du dieu Epi-
» phane, très - gracieux; *ils ajouteront ce nom aux*
» *autres qu'ils empruntent des dieux au service des-*
» *quels ils sont déja consacrés;* »

Il manque ici, pour finir la quarante-neuvième ligne, trente-
quatre à trente-cinq lettres. Après cette lacune se présente le
mot χωραν qui commence la ligne suivante. Ce mot est l'accusatif de χωρα, qui signifie *région, pays*. Cet accusatif doit
être le régime de quelque préposition ou de quelque verbe qui
faisoit partie du dernier tiers de la ligne précédente que nous
n'avons plus. Peut-être y lisoit-on ces mots ou autres équi-
valens, κατα την ανω & κατα την κατω της Αιγυπτε. Réunissez à
ces mots χωραν, vous aurez une phrase qui signifiera que cette
nouvelle fête en l'honneur de Ptolémée Epiphane *aura lieu*
dans tout le pays, tant de la haute que de la basse Égypte.

Cette nouvelle fête devoit se célébrer tous les ans, comme
l'indiquent les six lettres, κατενι..... qui sont, ainsi qu'on n'en
peut douter, le commencement de κατενιαυΤον; elle devoit commencer à la néomenie du mois Thoth, le premier du calendrier égyptien. Ce mois, dit Cicéron, empruntoit son nom de
Mercure, qui passoit pour avoir été le législateur des Égyptiens, et qu'ils appeloient en leur langue Thoyth ou Thoth (1).

Les Néomenies, ou nouvelles lunes, faisoient une époque
remarquable chez les Égyptiens. Lorsqu'ils vouloient exprimer
l'idée de la nouvelle lune, ils représentoient un cynocéphale
debout, la tête ornée d'un diadème, levant les mains au ciel,
adressant ses prières à la déesse. Quand la lune commençoit
à se dégager des rayons du soleil, ils se livroient aux trans-

_____

(1) Cicer. *De natura Deorum*, lib. III.

ports de l'alégresse la plus vive. En général tous les peuples
de l'Orient étoient observateurs des néoménies, et les atten-
doient pour célébrer la plupart de leurs fêtes, sur-tout les
plus solennelles. Il n'est donc pas étonnant que les prêtres
égyptiens aient fixé à la néoménie du mois Thoth le premier
jour de la grande solennité instituée en l'honneur de Ptolémée
Epiphane. Pour donner plus de dignité à cette fête, ils ordon-
nèrent que ceux qui feroient les sacrifices et rempliroient les
fonctions sacerdotales pendant les cinq jours qu'elle devoit
durer, porteroient des couronnes sur la tête. Ce cérémonial
est prescrit dans beaucoup d'inscriptions de ce genre. On en
trouve un exemple remarquable dans un décret des Sigéens en
l'honneur d'Antiochus Soter, roi de Syrie, fils de Séleucus Ier.
Il est dit dans ce décret : *Lorsque les prêtres font des sacrifices, qu'ils portent des couronnes*, ὅταν δὲ ποιωσι θυσιας ϛεφανη-
φορειωσαν.

J'invite le lecteur à consulter cette belle inscription ; il y
verra qu'elle a des rapports assez marqués avec celle de
Rosette. C'est à peu près le même style, la même tournure et
les mêmes dispositions. Antiochus s'étoit trouvé presque dans
les mêmes circonstances que Ptolémée Epiphane. Il avoit,
comme lui, été forcé de conquérir sa couronne sur des sujets
qui s'étoient révoltés : διὰ τὰς αποϛανίας τωμ πραγμάτων. Au retour
de son expédition il vint à Sigée, ville de la Troade, où on
lui fit la réception la plus brillante. Le sénat et le peuple por-
tèrent un décret dans lequel, après avoir rendu hommage à
sa valeur, à ses succès et au bonheur qu'il avoit eu de rétablir
la tranquillité dans ses états, ils arrêtèrent qu'il seroit fait des
sacrifices à tous les dieux pour ce prince; qu'il lui seroit élevé
dans le temple de Minerve, à Sigée, une statue équestre d'or
sur une base de marbre blanc; que sur cette base on graveroit
une inscription portant que cet honneur lui étoit rendu à cause
de sa piété envers Minerve, et comme au bienfaiteur et au

sauveur du peuple. On voit dans ce beau monument qu'Antiochus avoit aussi un prêtre, μετα τȣ ιερεως τȣ βασιλεως Ανλιοχȣ.
Cependant on n'y donne pas à ce prince la qualité de dieu; on
se contente de dire qu'il avoit reçu la naissance d'Apollon.
Mais je m'aperçois que je m'écarte un peu de mon sujet : je
m'empresse d'y revenir.

La cinquantième ligne de l'inscription de Ptolémée Epiphane
a encore plus perdu que la précédente, car les pertes vont toujours en augmentant. Elle finit par ces syllabes, προσαγορε......
que je complette en lisant ou προσαγορευθησεσθαι à l'infinitif, si ce
mot est sous l'influence immédiate d'εδοξεν qui commence le
prononcé du décret, ligne trente - six, ou προσαγορευθησονΊαι à
l'indicatif, si le membre de phrase dont il fait partie n'est ici
qu'un membre incident, comme celui qui le précède, εν αις Ȼ
ϛεφανηφορησȣσι οι συντελȣνΊες θυσιας. Dans l'un et l'autre cas, la signification de ce verbe me paroît conserver un rapport naturel
avec le sens que peuvent présenter les mots qui le suivent; je
ne balance donc pas à croire que les prêtres employés aux
fonctions religieuses pendant les cinq jours que dureroit la fête
instituée en l'honneur de Ptolémée Epiphane, devoient, aux
termes du décret, s'appeller aussi *prêtres du dieu Epiphane*,
et ajouter ce titre à celui qu'ils tenoient des autres dieux au culte
desquels ils étoient déja attachés.

J'avoue que je penche pour mettre à l'infinitif le verbe dont
nous avons les premiers élémens dans ces syllabes προσαγορε.....,
parce que l'objet me semble assez important en lui-même pour
avoir été la matière d'une sanction particulière. Alors il faudroit
écrire προσαγορευθησεσθαι, à quoi on pourroit ajouter δε και πανΊας
ιερεις τȣΊȣς; c'est-à-dire *que tous ces prêtres soient appelés*.
Au reste je n'ose présenter cette addition qui fait juste le nombre
de trente-trois lettres nécessaires pour remplir la ligne, que
comme une conjecture. Dans ces sortes d'opérations il faut se
contenter d'avoir saisi à peu près le sens du passage mutilé

sur lequel on travaille, sans trop se tourmenter pour en déterminer les paroles. Le vrai sens est un, au lieu que les mots
servant à l'exprimer, peuvent varier à l'infini.

Aʀᴛ. XXXVII. Καὶ καταχωρισαι εις παντας τας χρηματισμας και εις τους

Lig. 51, 52. δ.............................. ιερατειαν αυτα·

  « Qu'il soit mis à part des fonds pour fournir à toutes
» les dépenses............................· que pourra
» exiger son sacerdoce ; »

  La cinquante-unième ligne a perdu environ trente-huit à
trente-neuf lettres qui ont été emportées par la fracture de la
pierre. Après cette lacune on trouve ces deux mots, ιερατειαν
αυτα, qui sont une dépendance de ce qui est perdu. Il me semble
entrevoir dans ce passage tronqué que ιερατειαν αυτα, c'est-à-dire
le *sacerdoce* de Ptolémée Epiphane, est l'objet de ces dépenses
dont il est parlé plus haut, et que c'est sur ce sacerdoce ou
culte de Ptolémée Epiphane que tombent ces χρηματισμοι, *im-
pensa*, énoncés dans cette phrase. Ainsi je ne doute pas que
ce mot ιερατειαν n'ait été précédé de ces deux autres, εις την,
et qu'on ne lût sur la pierre, lorsqu'elle étoit entière, εις την
ιερατειαν αυτα.

  Chaque temple avoit ses revenus particuliers. Le décret de
l'assemblée générale des prêtres réunis à Memphis porte donc
qu'on prendra sur ces revenus une part, καταχωρισαι, pour le
culte de Ptolémée Epiphane.

Aʀ. XXXVIII. Εξειναι δε και τοις αλλοις ιδιωταις αγειν την εορτην και τον

Lig. 52. προειρημενον ναον ιδρυεσθαι και εχειν παρ' αυτοις συντελο......

Lig. 53. ....ς κατενιαυτον·

  « Qu'il soit permis à tous particuliers indistinctement
» de faire la fête et de consacrer la chapelle dont il a

» été parlé ci-dessus, et d'avoir chez eux les *choses*
» *nécessaires à ce culte*..................................
» pour chaque année ; »

La ligne cinquante-deux, finissant par ϲυντελο....., est désorganisée par une lacune de quarante-une lettres, ou à peu près, qu'on pourroit remplacer de bien des manières. Nous n'osons en proposer aucune.

Outre le culte public, il y avoit aussi chez les Égyptiens, comme chez les Grecs et les Romains, un culte particulier et domestique. Les dévots avoient des oratoires où ils faisoient les cérémonies religieuses comme dans les temples. Cet usage étoit commun en Égypte. C'est ce qui a si fort multiplié, suivant la remarque du comte de Caylus, cette multitude de petites figures égyptiennes qui ornent aujourd'hui les cabinets des curieux.

Nous voilà enfin arrivés à la dernière disposition du décret. Elle comprend les deux dernières lignes de l'inscription, savoir la cinquante-troisième et la cinquante-quatrième.

Οπως γνωριμον η διοτι οἱ εν Αιγυπτω αυξϗσι ϗαι τιμωσι τον   **Art. XXXIX.**
Θεον Επιφανη, ευχαριϛον βασιλεα, ϗαθαπερ νομιμον εϛ..........   Lig. 53.
.... τερεϗ λιθου, τοις τε ἱεροις, ϗαι   Lig. 54.
εγχωριοις, ϗαι ἑλληνικοις γραμμασιν, ϗαι ϛησαι εν ἑκαϛω των τε
ϖρωτων ϗαι δευτερων.................................

« Et, afin qu'il soit connu pourquoi en Égypte on
» glorifie et l'on honore, comme il est juste, le dieu
» Epiphane, très-gracieux monarque, Que *le présent*
» *décret soit gravé sur une colonne* de pierre dure, en
» caractères sacrés et en caractères du pays et en caractères grecs, et Que cette colonne soit placée dans chacun *des temples*, tant anciens que nouveaux. »

14

Cette phrase, *le présent decret soit gravé sur une colonne,* ne se trouve point dans le texte grec qu'on vient de lire ; mais il n'y a guère lieu de douter qu'elle ne fît partie de ce qui s'est perdu. Je crois donc qu'on peut, sans trop se hasarder, remplir le vide de la cinquante-troisième ligne par ces mots : το ψη-φισμα τυτο αναγραφητω εν ϛηλη , *que ce décret soit gravé sur une colonne,* ϛερευ λιθυ , *de pierre dure.* Les mots grecs que j'emploie ici pour suppléer au texte sont empruntés d'une inscription qui se trouve dans la collection de Chandler. Cette formule, ou toute autre pareille, termine souvent les inscriptions qui contiennent quelque décret semblable.

C'étoit l'usage d'exposer dans les temples les décrets. Il est dit dans le traité fait par ceux de Smyrne avec Séleucus Ier, que ce traité sera gravé sur des colonnes élevées dans les temples, το δε ψηφισμα το δε αναγραψαι εις τας ϛηλας αναϊεθησομενας εν τοις ιεροις. (1).

La dernière ligne de notre inscription commence par ce mot mutilé τερευ. Il est aisé de voir que le σ a été enlevé par un petit éclat qui s'est fait dans cet endroit au côté gauche de la pierre, et qui a emporté aussi trois autres lettres qui de-voient précéder. Dans mon opinion ces trois lettres seroient la syllabe ΛΗΙ, fin du mot ΣΤΗΛΗΙ, dont la première partie ΣΤΗ terminoit probablement la ligne supérieure. Cette petite échancrure a aussi fait disparoître au commencement de la cinquante-troisième ligne les deux premières lettres de la pré-position εις qui précédoit κατενιαυτον.

Je ne veux pas omettre ici une remarque qui m'a été sug-gérée par le citoyen Sylvestre de Sacy, sur le mot εγχωριοις, *en caractères du pays.* A la rigueur il seroit possible, comme il l'observe, que ce mot signifiât, non pas la *langue mater-nelle* de toute l'Égypte, mais seulement celle de chaque lieu

(1) *Marm. Oxon.* XXV, part. II, p. 57, art. 107.

ou canton particulier ; car ce savant conjecture que le langage populaire ou commun n'étoit pas uniforme dans toute l'étendue de l'Égypte, et qu'on y parloit divers idiomes. Il pourroit donc se faire que, si on trouvoit une autre pierre du monument de Ptolémée Épiphane, les caractères de la seconde inscription n'y fussent pas les mêmes que ceux de la nôtre.

La cinquante-quatrième et dernière ligne finit par ce mot, ou plutôt cette portion de mot, δυ7ερ.... Il n'y a aucun doute qu'il ne faille lire δυ7ερων ; le mot πρωτων nous en est garant. Il est également sûr que ces deux adjectifs πρωτων et δυ7ερων se rapportoient au mot ιερων qui a été détruit par l'accident arrivé au monument. Peut-être cette ligne contenoit-elle encore quelque autre chose que la fracture a fait disparoître.

Le lecteur, avant de jeter les yeux sur la traduction qui suit, voudra bien se rappeler ce que nous avons déja dit du style propre à ces sortes de monumens. En général le style lapidaire n'est guères susceptible d'élégance, et il prend un caractère encore plus austère, lorsqu'il s'agit, comme ici, d'un décret revêtu de toutes ses formules. Cependant nous ne nous sommes pas astreints, dans cette traduction continue, à suivre servilement le texte, comme dans la version qui, article par article, précède notre commentaire. Nous avons cru qu'il nous seroit permis de nous servir quelquefois de tournures qui, sans changer le sens, paroîtroient s'éloigner un peu moins du génie de la langue française.

TRADUCTION

DE TOUTE L'INSCRIPTION.

Lignes.

1. Du règne de notre jeune monarque, successeur de son père à la couronne, glorieux souverain des couronnes,

2. réparateur de l'Égypte et de toutes les choses qui concernent les Dieux, pieux, vainqueur de ses ennemis, réformateur des mœurs des hommes, maître des périodes

3. de trente années, comme Vulcain-le-Grand, roi, comme le Soleil le grand roi, des régions tant supérieures qu'inférieures, né des dieux Philopatores, que Vulcain a approuvé, à qui le Soleil a donné la victoire, image vivante de Jupiter, fils du Soleil, Ptolémée toujours

4. vivant, le bien-aimé de Phtha, la neuvième année; Sous le pontificat d'Aétès, prêtre et d'Alexandre, et

5. des dieux Soteres, et des dieux Adelphes, et des dieux Évergétes, et des dieux Philopatores, et du dieu Épiphane, très-gracieux; Pyrrha, fille de Philinus, étant Athlophore

6. de Bérénice Évergéte; Areia (1), fille de Diogène, étant Canephore d'Arsinoé Philadelphe; Irène, fille de Ptolémée, étant prêtresse d'Arsinoé Philopator: Le quatre du mois Xandique, et le dix-huit du mois Méchir,

---

(1) Ou *Aræa.*

suivant les Égyptiens : LES Pontifes, et les Prophètes, 7.
et ceux qui entrent dans le sanctuaire pour habiller les
Dieux, et les Ptérophores, et les Écrivains sacrés, et tous
les autres Prêtres qui, de tous les temples situés dans le
pays, s'étoient rendus à Memphis, auprès du roi, pour
la solennité de la Prise-de-possession de cette couronne 8.
dont Ptolémée, toujours vivant, le bien-aimé de Phtha,
dieu Épiphane, prince très-gracieux, a hérité de son
père, se trouvant réunis dans le temple à Memphis, ont
prononcé, ce même jour, le DÉCRET suivant :

CONSIDÉRANT QUE, le roi Ptolémée toujours vivant, 9.
le bien-aimé de Phtha, dieu Épiphane, très-gracieux,
le fils du roi Ptolémée et de la reine Arsinoé, dieux Philopatores, a fait toutes sortes de biens et aux temples,
et à ceux qui y font leur demeure, et en général à 10.
tous ceux qui sont sous sa domination ; Qu'étant dieu,
né d'un dieu et d'une déesse, comme Orus, ce fils d'Isis
et d'Osiris, ce vengeur d'Osiris son père, et jaloux
de signaler son zèle généreux pour les choses qui con- 11.
cernent les dieux, IL a consacré au service des temples
de grands revenus, tant en argent qu'en blé, et a fait
de grandes dépenses pour ramener la tranquillité en
Égypte et y élever des temples ; Qu'IL n'a négligé 12.
aucun des moyens qui étoient en son pouvoir pour
faire des actes d'humanité ; et Qu'afin que dans son
royaume (1) le peuple et en général tous les citoyens

_____

(1) Ou *sous son règne.*

pussent vivre avec plus d'aisance, IL a supprimé tout-à-
fait quelques-uns des tributs et des impositions qui étoient
13. établis en Égypte, et diminué le poids des autres ; QUE de
plus il a remis tout ce qui étoit dû à son trésor, tant
par ses sujets habitans de l'Égypte, que par ceux des autres
pays de sa domination, quoique cette dette fît une masse
très-considérable ; QU'IL a renvoyé absous ceux qui
14. avoient été emprisonnés et mis en jugement depuis long-
temps ; QU'IL a ordonné que les revenus des temples et
les redevances qui doivent leur être payés chaque année,
15. tant en blé qu'en argent, ainsi que les parts réservées aux
dieux sur les vignobles, les vergers, et sur toutes les
autres choses auxquelles ces dieux avoient droit du temps
que son père régnoit, continueroient à se percevoir dans
16. le pays ; QU'IL a voulu que les prêtres, pour être initiés
aux mystères, ne payassent pas un droit plus fort que
celui qu'ils avoient payé jusqu'à la première année du
règne de son père ; QU'IL a dispensé ceux qui appartien-
17. nent aux tribus sacerdotales de faire tous les ans le
voyage par eau à Alexandrie ; QU'IL a ordonné qu'on ces-
seroit de faire la levée des choses qui se percevoient pour
le service de la marine ; QU'IL a fait la remise des deux
18. tiers sur la quantité de toile de byssus que les temples
devoient fournir au fisc royal ; QUE, dans toutes les
parties où depuis long-temps l'ordre étoit négligé, il
l'a rétabli, et donné tous ses soins pour faire observer
d'une manière convenable tout ce qu'on étoit dans
19. l'usage de pratiquer à l'égard des Dieux ; QU'A l'exemple
d'Hermès deux fois grand, IL a aussi fait rendre jus-

tice à chacun; Qu'il a ordonné que les citoyens qui,
après avoir quitté les rebelles armés et ceux dont les
sentimens avoient été, dans les temps de trouble,   20.
opposés au gouvernement, étoient revenus, fussent
maintenus en possession de leurs propriétés; Qu'il a
pourvu à ce que de grandes forces, en cavalerie, en
infanterie et en vaisseaux, fussent envoyées contre ceux
qui avoient fait une irruption en Égypte et par terre et   21.
par mer, et n'a épargné aucunes dépenses et en argent
et en blé pour que les temples des dieux et tous les
habitans de l'Égypte fussent à l'abri de tout danger;
Que, s'étant approché de cette ville de Lycopolis, qui   22.
est située dans le canton de Busiris, et l'ayant trouvée
occupée (1) et munie d'une très-grande quantité d'armes
et de toutes les espèces d'approvisionnemens nécessaires
pour soutenir un siége, parce que depuis long-temps
l'esprit de révolte s'étoit emparé des impies, qui s'y étoient   23.
rassemblés et avoient causé beaucoup de dommage aux
temples et aux habitans de l'Égypte, il a établi son
camp devant cette place, et l'a entourée de terrasses, de   24.
fossés et de fortes murailles; Que le Nil ayant fait, dans
la huitième année (2), sa grande crue pendant laquelle
il a coutume d'inonder la plaine, il a arrêté les débor-   25.
demens de ce fleuve par de fortes digues construites en
plusieurs endroits, et a fortifié les embouchures de ses
bras, ayant employé à ces travaux de très-grandes sommes;

---

(1) *Par les ennemis.*
(2) *Du règne de ce prince.*

et *Qu'*après y avoir établi des corps de troupes, tant de
26. pied que de cheval, pour garder ces ouvrages, IL A, en
peu de temps, emporté de force la ville, et exterminé
tous les impies qui s'y trouvoient, comme Hermès, et
Orus, fils d'Isis et d'Osiris, avoient dompté autrefois
27. dans ces mêmes lieux les rebelles ; QUE s'étant rendu
à Memphis à l'occasion des formalités qui devoient
s'observer pour la Prise-de-possession de la couronne,
il a puni, en vengeur de son père et de sa propre cou-
28. ronne, comme ils le méritoient, les chefs de ceux qui
s'étoient révoltés sous son père, et avoient *dévasté* le
pays, et dépouillé les temples ; QU'IL a fait la remise de
29. ce qui étoit dû en grain et en argent dans les temples au
trésor royal, jusqu'à la huitième année (1), ce qui faisoit un objet considérable ; QU'IL a pareillement fait
grace des contributions de toiles de byssus qui n'avoient
point été fournies à ce trésor jusqu'à la même époque,
30. comme aussi des dédommagemens exigibles pour celles
qui y avoient été déposées, mais qui ne s'étoient pas
trouvées conformes à l'étalon ; QU'IL a affranchi les temples du droit d'artabe *imposé* sur chaque aroure de terre
31. sacrée, et a de même aboli celui d'amphore qui se
prélevoit sur chaque aroure de vigne ; QU'IL a fait beaucoup de donations à Apis et à Mnévis, et aux autres animaux sacrés de l'Égypte ; QUE, portant beaucoup plus
loin que les rois ses prédécesseurs l'attention pour tout
32. ce qui peut, dans toutes les circonstances, concerner le

_____

(1) *De son règne.*

service de ces animaux sacrés, ɪʟ a assigné avec autant de générosité que de magnificence, des fonds pour fournir aux frais de leurs funérailles et aux dépenses des sacrifices, des grandes assemblées religieuses et autres cérémonies qui ont coutume d'avoir lieu dans les temples dédiés au culte de chacun d'eux en particulier; Qᴜᴇ par ses soins 33. les droits des temples et ceux de l'Égypte ont été conservés dans le pays, conformément aux lois; Qu'ɪʟ a fait faire de magnifiques ouvrages au temple d'Apis, et fourni pour ces travaux une grande quantité d'or et d'argent et de pierres précieuses; Qu'ɪʟ a élevé des temples, 34. des chapelles, des autels, et fait les réparations nécessaires à ceux qui en avoient besoin, ayant le zèle d'un dieu bienfaisant pour tout ce qui concerne la Divinité; Qᴜᴇ s'étant soigneusement informé de l'état où 35. se trouvoient les choses les plus précieuses renfermées dans les temples, ɪʟ les a renouvelées dans son royaume de la manière qu'il convenoit : en récompense de quoi les Dieux lui ont donné la santé, la victoire, la force et les autres biens . . . . la couronne 36. devant lui demeurer, ainsi qu'à ses enfans, jusqu'à la postérité la plus reculée :

A LA BONNE FORTUNE :

Iʟ ᴀ ᴘʟᴜ aux prêtres de tous les temples du pays de décréter Qᴜᴇ *tous les honneurs* appartenans au roi Ptolémée, toujours vivant, le bien-aimé de Phtha, dieu 37. Épiphane, très-gracieux, ainsi que ceux qui sont dus soit à son père et à sa mère, les dieux Philopatores, soit

38. à ses aïeux les dieux Évergétes, soit aux dieux Adelphes, soit aux dieux Sauveurs, seront considérablement augmentés ; Que dans chaque temple il sera érigé et posé dans *le lieu le plus apparent*, une statue du roi Ptolémée, toujours vivant, dieu Épiphane, très-gracieux,

39. laquelle s'appellera LA STATUE DE PTOLÉMÉE, VENGEUR DE L'ÉGYPTE : et que près de cette statue sera placé le dieu principal du temple, qui lui présentera l'arme de la

40. victoire, et tout sera disposé de la manière *la plus convenable ;* Que les prêtres feront trois fois par jour le service religieux auprès de ces statues, et les pareront des ornemens sacrés, et auront soin de leur rendre, dans

41. les *grandes solennités*, tous les honneurs qui doivent, suivant l'usage, être rendus aux autres dieux ; Qu'il sera consacré au roi Ptolémée, dieu Épiphane, très-gracieux, à ce fils du roi Ptolémée et de la reine Arsinoé, dieux Philopatores, une statue et une chapelle dorées *dans*

42. *le plus saint des* temples ; Que la chapelle sera placée dans les sanctuaires avec toutes les autres, et Que dans les grandes solennités où l'on a coutume de faire sortir

43. des sanctuaires les chapelles, on fera sortir aussi la chapelle du dieu Épiphane, *très-gracieux.* . . . . . . Qu'afin de rendre, dès à présent et pour toujours, cette chapelle plus facile à être distinguée des autres, on posera au-dessus les dix couronnes d'or du roi, lesquelles porteront sur leur partie antérieure un aspic . . . .

44. *à l'imitation* de ces couronnes à figure d'aspic, qui sont sur les autres chapelles, et au milieu de ces couronnes

sera placé cet ornement royal appelé PSCHENT (ΨΧΕΝΤ), celui qu'il portoit lorsqu'il entra à Memphis dans *le temple. . . . . ,* afin d'y observer les cérémonies légales prescrites pour la Prise-de-possession de la couronne, et Qu'au tétragone entourant les couronnes et apposé à la chapelle dont on vient de parler, IL sera attaché des phylactères d'or *avec cette inscription :* C'EST ICI LA CHAPELLE DU ROI, DE CE ROI QUI A RENDU ILLUSTRES LA RÉGION D'EN HAUT ET LA RÉGION D'EN BAS; et QUE, l'usage s'étant déja établi dans les temples d'appeler du nom de ce prince le trente de ce mois Mesori, auquel on fait mémoire de l'anniversaire de sa naissance, ainsi que . . . .

. . . . . . *celui* où il a reçu la couronne de son père, jours qui certes sont pour tous une source de biens, ces mêmes jours seront célébrés comme des jours de fêtes *dans tous les temples de l'Égypte,* chacun en *son* mois ; Qu'on fera dans ces temples des sacrifices, des libations, et toutes les autres cérémonies qu'on a coutume de faire aux grandes solennités . . . .

. . . . dans les temples; QUE tous les ans il sera célébré une fête et tenu une grande assemblée en l'honneur du toujours vivant, du bien-aimé de Phtha, du roi Ptolémée, dieu Epiphane, très - gracieux ; QUE *cette fête aura lieu dans tout le pays, tant de la Haute que de la Basse-Egypte, et durera* cinq jours, à commencer de la néoménie du mois Thouth, pendant lesquels ceux qui feront les sacrifices, les libations et toutes les autres cérémonies d'usage, porteront des couronnes ;

45.

46.

47.

48.

49.

50.

Qu'ils seront appelés . . . . . . prêtres du dieu Epi-
51. phane, très - gracieux, et ajouteront ce nom à ceux
des autres dieux au service desquels ils sont déja consacrés ; Qu'il sera mis à part des fonds pour fournir
à toutes les dépenses . . . .
52. que pourra exiger son sacerdoce ; Qu'il sera permis à
tous particuliers indistinctement de célébrer la fête, et
de consacrer la chapelle dont il a été parlé ci-dessus, et
d'avoir chez eux *les choses nécessaires à ce culte* . . .
53. . . . . pour chaque année.

ET AFIN qu'il soit connu pourquoi, en Egypte, l'on
glorifie et l'on honore, comme il est juste, le dieu Epiphane, très-gracieux monarque, *le présent décret sera*
54. *gravé* sur une colonne de pierre dure, en caractères sacrés, et en caractères du pays, et en caractères grecs,
et cette colonne sera placée dans chacun *des temples*,
tant anciens que nouveaux.

P. S. Pendant le cours de l'impression de ces Éclaircissemens, il a paru plusieurs ouvrages relatifs à l'inscription de
Rosette. Celui qui a dû fixer d'abord mon attention est une
copie de ce monument prise sur la pierre même, et publiée
par des membres de la Société royale des antiquaires de Londres,
au nom de cette savante compagnie. Cette copie est ce que nous
appelons vulgairement un *Fac-simile.* Cette dénomination suppose qu'on s'y est piqué de rendre avec la plus scrupuleuse
exactitude, non seulement les fautes du texte, mais encore les
méprises de l'artiste égyptien qui l'a sculpté sur la pierre. Je

sens que la gravure, jointe à mes Éclaircissemens, peut paroître
n'avoir pas tout-à-fait le même degré d'exactitude. On n'y trouvera point, par exemple, comme dans celle des Anglais, ΑΣΠΙ-
ΔΟΕΡΔΩΝ pour ΑΣΠΙΔΟΕΙΔΩΝ, ni ΤΡΙΑΝΑΔΑ pour ΤΡΙΑΚΑΔΑ. Dans
le modèle que j'avois sous les yeux, la lettre Ρ (*rho*) n'est pas assez
bien prononcée, et ne diffère pas assez de l'Ι (*iota*) pour qu'il
me soit venu en pensée de lire ΑΣΠΙΔΟΕΡΔΩΝ, mot inconnu et
peut-être barbare, au lieu d'ΑΣΠΙΔΟΕΙΔΩΝ. Ce dernier, malgré
l'autorité du *Fac-simile* exécuté en Angleterre, pourroit bien
être regardé encore par plus d'un lecteur comme la leçon qui
est véritablement tracée sur la pierre. D'un autre côté, si,
dans la copie sur laquelle j'ai travaillé, la lettre Ν (*nu*) eût
été caractérisée comme elle l'est dans la copie des Anglais, je
n'eusse pas lu ΤΡΙΑΚΑΔΑ, quoique ce soit le vrai mot. Je suis
étonné de ce que ces deux lettres Ρ et Ν se trouvent si bien
conformées dans le *Fac-simile* des Anglais, tandis qu'elles le
sont si imparfaitement dans notre copie. Ne pourroit-il pas se
faire que le graveur dont ils se sont servi y eût mis un peu
du sien, et que, dans quelques circonstances, il se fût permis
de donner une trop belle conformation à des caractères qui,
sur la pierre, ne seroient qu'ébauchés? Pourquoi, par exemple,
presque tous les Ο (*omicron*), les Θ (*thêta*) et les Ω (*omega*),
ont-il reçu, dans le *Fac-simile* des Anglais, une forme poly-
gone, tandis que, dans la copie du général Dugua, il n'y a
aucun de ces caractères qui ne soit arrondi? La copie du général Dugua et le *Fac-simile* des Anglais ayant été pris l'un et
l'autre sur la même pierre, ces deux calques ont dû saisir tout
ce qui étoit sur cette pierre, et par conséquent il devroit y avoir
entre eux une ressemblance parfaite, jusques dans les plus petites parties. L'artiste anglais auroit-il donc trouvé plus com-
mode pour son outil de former avec des traits angulaires les
lettres ci-dessus désignées, que de leur donner une forme ronde?
L'observation qui nous a fait concevoir un pareil soupçon n'est

point aussi frivole qu'on pourroit se l'imaginer. Elle ne doit pas être indifférente, sur-tout pour ceux qui s'occupent de paléographie, c'est-à-dire de cette partie de la science des antiquaires, dont l'objet est de fixer l'âge et le pays d'un monument par la forme des lettres.

Malgré tous nos soins pour que notre gravure rendît avec fidélité la copie apportée d'Égypte par le général Dugua, il seroit possible qu'il s'y rencontrât des fautes qui, jusqu'à cette heure, n'auroient point frappé nos yeux. J'espère que les savans anglais qui ont dirigé le travail de l'artiste pour la copie de l'original gravé sur la pierre, seront les premiers à nous traiter sur ce point avec indulgence. Qui sait s'il ne leur est pas échappé à eux-mêmes quelques méprises en ce genre? Par exemple, dans le mot ΚΑΤΕΙΛΗΜΜΕΝΗ, lig. 22 de l'inscription, on a mis un Ν après le *lambda*. Cependant, si l'on s'en rapporte à notre calque, il doit y avoir sur l'original un Η bien marqué. Dans notre gravure, lig. 18, on lit ΤΟΙΞ, article prépositif de ΘΕΟΙΣ, avec un Ξ parfaitement figuré. Dans celle des Anglais, cet article est terminé par un Σ dont la forme n'est nullement équivoque. L'inspection de l'original pourroit seule nous persuader que la méprise doit être attribuée au calque qui nous est venu d'Égypte, et qui est dû aux soins du citoyen Marcel, aujourd'hui directeur de l'imprimerie de la République. Jusqu'à ce que le fait soit vérifié, qu'il nous soit permis de croire que, dans cet endroit du calque des Anglais, leur graveur n'a pas imité exactement son modèle, et qu'il aura mis par mégarde un Σ pour un Ξ.

Presque à la même époque on a publié à Londres une copie en lettres cursives de l'inscription grecque de Rosette. Cette copie est imprimée en beaux caractères; mais elle est défigurée par des fautes qui, sans doute, auront été occasionnées par l'empressement qu'on a eu de la publier. Le savant à qui nous la devons aura trop compté sur l'exactitude de son imprimeur. On remarque dans sa copie des omissions, quelques mots mutilés, et d'autres, en assez grand nombre, où les règles de la grammaire sont violées. Par exemple, lig. 13, on a écrit προσο-φειλον pour προσωφειλον; lig. 18, εγλειμμενα pour εγλελειμμενα; lig. 22, οχυρωμενη pour ωχυρομενη; lig. 34, προσδιορθοσατο pour προσδιωρθοσατο; enfin, lig. 15, au lieu d'υπαρξαντων, on a mis υπαρχοντων, ce qui fait un temps pour un autre. Je ne pousserai pas plus loin ces détails, parce que mon intention n'est pas de donner ici l'*errata* de cette pièce. Je remarquerai seulement qu'on y retrouve l'ασπιδοερδων et le τριαναδα du *Fac-simile*. Cette conformité dépose en faveur de l'exactitude du *Fac-simile*, quant à ces deux mots; pourvu toutefois que l'auteur de la copie en lettres cursives ait eu recours, de son côté, à la pierre, et qu'il ne s'en soit pas rapporté uniquement à la copie donnée par la Société des antiquaires de Londres. Il paroît aussi, par la manière dont cet auteur a ponctué certains endroits du texte, qu'il ne seroit pas toujours d'accord avec moi. Certainement, s'il falloit adopter par-tout sa ponctuation, l'explication que je donne du passage où il s'agit du prêtre Aëtès et des prêtresses consacrées au culte de quelques reines d'Égypte, ne pourroit subsister. Mais ce n'est pas sans une secrète satisfaction que je me vois appuyé par le savant Suédois, M. Akerblad. L'inter-prétation qu'il vient de donner de cette partie de l'inscription grecque est la même que j'avois proposée, il y a déja long-temps, dans nos séances de l'Institut. Au reste, il seroit diffi-cile qu'il s'en présentât une autre à l'esprit.

Je félicite M. Akerblad des succès que lui promettent les tentatives qu'il a déja faites pour déchiffrer enfin l'inscription tracée en caractères cophtes, et je me livre avec plaisir à l'es-pérance de le voir restituer, à la faveur de cette inscription, tout ce que la grecque a perdu. J'applaudirai très-volontiers à ses découvertes, dussent-elles détruire toutes les conjectures que j'ai proposées dans le cours de mon mémoire pour rem-plir les lacunes qui défigurent l'inscription grecque.

M. Akerblad croit qu'il manque quelque chose à la dernière ligne de cette inscription. Il propose, pour la compléter, une addition que lui fournit le texte égyptien, et même la partie hiéroglyphique, et d'après laquelle il faudroit distinguer en Égypte des temples du premier, du second et du troisième ordre. *Je laisse, dit-il en finissant, aux savans qui s'occupent à commenter la partie grecque, à nous dire ce que c'étoit que ces trois ordres de temples.* Il faut toute l'autorité de M. Akerblad pour nous faire adopter, sans autre examen, cette idée, d'autant plus qu'on ne rencontre dans le texte grec aucune circonstance qui puisse la faire naître ni la favoriser, et que d'ailleurs l'esprit du lecteur paroît n'avoir plus rien à desirer, lorsqu'il a lu à la fin de la dernière ligne ces mots : *Dans chacun des temples, tant anciens que nouveaux.* Cette division est complète en elle-même, et il est tout naturel de croire qu'en effet on devoit distinguer en Égypte les temples construits dans les temps anciens de ceux qui étoient plus modernes, tels, par exemple, que les temples élevés depuis le règne des Ptolémées. Au reste, la solution de cette espèce de problème que M. Akerblad propose aux savans qui s'occupent de la partie grecque, m'entraîneroit dans des recherches et des discussions auxquelles je n'ai pas en ce moment le loisir de me livrer. Il ne m'est plus permis de suspendre la publication de ces Éclaircissemens, que divers incidens n'ont déja que trop long-temps retardée.

ADDITIONS.

Nous avons oublié d'observer que cette phrase, τε την Αιγυπτον καταϛησαμενε και τα προς τες Θεες ευσιϐες, laquelle finit la première ligne de l'inscription et commence la suivante, étoit encore susceptible, quant au second membre, d'un autre sens que celui que nous lui avons donné. Dans notre traduction latine nous avons rendu ce second membre par ces mots : *Ægypti stabilitore et rerum quæ pertinent ad Deos, pio.* Nous croyons qu'on pourroit aussi regarder l'article τα comme régime d'ευσεβες, et traduire de cette manière : *Ægypti stabilitore et piè curante res quæ pertinent ad Deos,* ou *et pio circà res quæ pertinent ad Deos.*

Nous apprenons, tant par des correspondances particulières que par le journal anglais intitulé *The critical Review,* qu'un examen plus scrupuleux de la pierre de Rosette a fait reconnoître que dans la quatrième ligne de l'inscription, au lieu de Αετυ τυ δε τυ Αλεξανδρυ, on doit lire Αετυ τυ Αετυ Αλεξανδρυ, et il est remarquable que M. Akerblad a trouvé la même chose dans l'inscription égyptienne.

CORRECTIONS.

Page 15, ligne 20 du texte, ôtez les deux virgules.
Page 31, ligne 4, Ω ὁ Ηλιος, lisez Ω avec iota souscrit, Ω.
Page 35, ligne 27, *Instit. Lᴇo,* lisez *Intit. Lᴇo.*
Page 41, ligne 9, *adytm,* lisez *adytum.*
Page 52, ligne 23, *soient,* lisez *fussent.*
Page 57, ligne 21, *étoient rentrés dans le devoir,* lisez *étoient revenus.*
Page 58, ligne 15, *soient,* lisez *fussent.*